# VIE ET AMOURS DU CHEVALIER DE FAUBLAS.

p. 65 caractéris[illegible]
[illegible]
74 [illegible]
109 l'exception prouve la
règle.

P. J. Challiou del. Lorieux Sculp.t

J'étois fort mal dessous, tandis que madame, étoit dessus très à son aise.

# VIE
# ET AMOURS
## DU CHEVALIER
## DE FAUBLAS.

Par M. LOUVET DE COUVRAY.

TOME DEUXIEME.

Seconde édition, revue, corrigée & augmentée.

A LONDRES,

*Et se trouve à* PARIS,

Chez BAILLY, Libraire, rue S. Honoré, vis-à-vis la barriere des Sergents;

Et chez les Marchands de Nouveautés.

M. DCC. XC.

# VIE ET AMOURS DU CHEVALIER DE FAUBLAS.

MON Hiſtoire offre un exemple effrayant des viciſſitudes de la fortune. Il eſt ordinairement très-commode, mais quelquefois auſſi très-dangereux, d'avoir un ancien nom à ſoutenir, & de grands biens à conſerver. Unique rejetton d'une famille illuſtre, dont l'origine ſe perd dans la nuit des tems, je devrois occuper dans mon pays les premieres charges de l'Etat, & je me vois condamné à languir à jamais sous un ciel étranger, dans une oisive obscurité. Le nom de Lovzinski est honorablement inscrit dans les fastes de la Pologne, & ce nom va périr en moi! Je sais que l'austere philosophie rejette ou méprise les titres vains & les richesses corruptrices; peut-être me consolerois-je, si je n'avois perdu que cela; mais, mon jeune ami, je pleure une épouse adorée, je cherche une fille chérie, & je ne reverrai jamais ma patrie! Quel courage assez endurci pourrois-je opposer à de pareilles douleurs?

Mon pere Lovzinski, encore plus distingué par ses vertus que par son rang, jouissoit à la Cour de cette considération, qui suit toujours la faveur du Prince, & que le mérite personnel obtient quelquefois. Il donnoit à l'éducation de mes deux sœurs, l'attention d'un pere tendre ; il s'occupoit surtout de la mienne, avec le zele d'un vieux Gentilhomme jaloux de l'honneur de sa maison, dont j'étois l'unique espoir ; avec l'activité d'un bon citoyen qui ne desiroit rien tant que de laisser à l'Etat un successeur digne de lui.

Je faisois mes exercices à Varsovie ; là se distinguoit entre nous, par les qualités les plus aimables, le jeune M. de P***. Aux charmes d'une figure à la fois douce & noble, il joignoit les agrémens d'un esprit heureusement cultivé ; l'adresse peu commune qu'il déployoit dans nos jeux guerriers, la modestie plus rare avec laquelle il paroissoit vouloir cacher son mérite à ses propres yeux, pour exalter le mérite moins recommandable de ses rivaux presque toujours vaincus ; l'urbanité de ſes mœurs, la douceur de ſon caractere, fixoient l'attention, commandoient l'eſtime & le rendoient cher à cette briliante jeuneſſe qui partageoit nos travaux & nos plaiſirs. Dire que ce fut la reſſemblance des caracteres & la ſympathie des humeurs qui commencerent ma liaiſon avec M. de P***, ce ſeroit me louer beaucoup ; quoi qu'il en ſoit, nous vécûmes bientôt tous deux dans une intime familiarité.

Qu'il eſt heureux, mais qu'il s'écoule rapidement, cet âge où l'on ignore, & l'ambition qui ſacrifie tout aux idées de fortune & de gloire dont elle eſt poſſédée, & l'amour dont le pouvoir ſuprême abſorbe & concentre toutes nos facultés ſur un ſeul objet ; cet âge des plaiſirs innocens & de la crédulité confiante, où le cœur, novice encore, ſuis librement les impulſions de ſa ſenſibilité naiſſante, & ſe donne ſans partage à l'objet de ſes affections déſintéreſſées. Alors, mon cher Faublas, alors l'amitié n'eſt pas un vain nom. Confident de tous les ſecrets de Monſieur de P***, je n'entreprenois rien dont je ne l'inſtruiſiſſe d'abord, ſes conſeils régloient ma conduite, les miens déterminoient ſes réſolutions, & par cette douce réciprocité, notre adoleſcence n'avoit point de plaiſirs qui ne fuſſent partagés, point de peines qui ne ſe trouvaſſent adoucies. Avec quel chagrin je vis arriver le moment fatal, où M. de P***, forcé par les ordres paternels de quitter Varſovie, me fit ſes tendres adieux. Nous nous promîmes de nous conſerver, dans tous les tems, ce vif attachement qui avoit fait le bonheur de notre adoleſcence; je jurai témérairement que les paſſions d'un autre âge ne l'altéreroient jamais. Quel vuide immenſe laiſſa dans mon cœur l'abſence de mon ami ! d'abord il me ſembla que rien ne pouvoit me dédommager de ſa perte ; la tendreſſe d'un pere, les careſſes de mes ſœurs ne me touchoient que foiblement. Je ſentis qu'il ne me reſtoit, pour chaſſer l'ennui, d'autre moyen que d'occuper mes loiſirs de quelque travail utile ; j'appris la langue françoiſe, déjà répandue dans toute l'Europe ; je lus avec délices, des ouvrages fameux, éternels monumens du génie, & j'admirai comment dans un idiôme auſſi ingrat, avoient pu ſe diſtinguer à ce point tant de poëtes célebres, tant d'excellens écrivains juſtement immortaliſés. Je m'appliquai ſérieuſement à l'étude de la géométrie, je me formai ſur-tout à ce noble métier qui fait un héros aux dépens de cent mille malheureux, & que des hommes moins humains que vaillans, ont appelé le grand art de la guerre.

Plusieurs années furent employées à ces études, aussi difficiles qu'approfondies; enfin, elles m'occuperent uniquement. M. de P*** qui m'écrivoit souvent, ne recevoit plus que des réponses courtes & rares; notre correspondance languissoit négligée, lorsqu'enfin l'amour acheva de me faire oublier l'amitié.

Mon pere étoit depuis long-tems lié très-étroitement avec le comte Pulauski. Connu par l'austérité de ses mœurs rigides, fameux par l'inflexibilité de ses vertus vraiment républicaines; Pulauski, à la fois grand Capitaine & brave Soldat, avoit signalé, dans plus d'une rencontre, son bouillant courage & son patriotisme ardent. Nourri de la lecture des anciens, il avoit puisé dans leur histoire les grandes leçons d'un noble désintéressement, d'une inébranlable constance, d'un dévouement absolu. Comme ces

Héros à qui Rome idolâtre & reconnoissante éleva des autels, Pulauski eût sacrifié tous ses biens à la prospérité de son pays, il eût versé jusqu'à la derniere goutte de son sang pour sa défense, il eût même immolé sa fille unique, sa chere Lodoiska.

Lodoiska! quelle étoit belle! que je l'aimai! son nom chéri est toujours sur mes levres, son image adorée vit encore dans mon cœur.

Mon ami, dès que je l'eus vue, je ne vis plus qu'elle, j'abandonnai mes études, l'amitié fut entiérement oubliée, je consacrai tous mes momens à Lodoiska. Mon pere & le sien n'avoient pu long-tems ignorer mon amour; ils ne m'en parloient pas, ils l'approuvoient donc? Cette idée me parut assez fondée pour que je me livrasse sans inquiétude au doux penchant qui m'entraînoit; je pris mes mesures de maniere que je voyois presque tous les jours Lodoiska, ou chez elle, ou chez mes sœurs qu'elle aimoit beaucoup; deux années se passerent ainsi.

Enfin Pulauski me tira un jour à l'écart, & me dit : Ton pere & moi nous avions fondé sur toi de grandes espérances, que ta conduite avoit d'abord justifiées : je t'ai vu long-tems employer ta jeunesse à des travaux aussi honorables qu'utiles. Aujourd'hui.... ( Il vit que j'allois l'interrompre, & m'en empêcha. ) Que vas-tu me dire ? crois-tu m'apprendre quelque chose que j'ignore ? crois-tu que j'avois besoin d'être chaque jour témoin de tes transports, pour sentir combien ma Lodoiska mérite d'être aimée ? C'est parce que je sais aussi bien que toi ce que vaut ma fille, que tu ne l'obtiendras qu'en la méritant. Jeune homme, apprends qu'il ne suffit pas que des foiblesses ſoient légitimes pour être excuſées ; que celles d'un bon Citoyen doivent tourner toutes au profit de ſa patrie ; que l'amour, l'amour même ne ſeroit, comme toutes les viles paſſions, que mépriſable ou dangereux, s'il n'offroit aux cœurs généreux, un motif de plus qui les excite puiſſamment à l'honneur. Ecoute : notre Monarque valétudinaire ſemble toucher à ſa fin ; ſa ſanté chaque jour plus chancelante, à réveillé l'ambition de nos voiſins ; ils ſe préparent ſans doute à ſemer parmi nous les diviſions ; ils comptent, en forçant nos ſuffrages, nous donner un Roi de leur choix. Des troupes étrangeres ont oſé ſe montrer ſur les frontieres de la Pologne : déjà deux mille Gentishommes ſe raſſemblent pour réprimer leur inſolente audace ; va te joindre à cette brave jeuneſſe, va, & ſur-tout à la fin de la campagne, revions couvert du ſang de nos ennemis, montrer à Pulauski un gendre digne de lui.

Je n'héſitai pas un moment ; mon pere approuva mes réſolutions ; mais il ne parut conſentir qu'avec peine à mon départ précipité, il me tint long-tems preſſé contre ſon ſein, une tendre ſollicitude étoit peinte dans ſes regards ; il ne m'adreſſa que de triſtes adieux, le trouble de ſon cœur paſſa dans le mien, nos pleurs ſe confondirent ſur ſon viſage vénérable. Pulauski, préſent à cette ſcene touchante, nous reprocha ſtoïquement ce qu'il appelloit une foibleſſe. Seche tes pleurs, me dit-il, ou garde-les pour Lodoiska ; ce n'eſt qu'à de foibles amans qui ſe ſéparent pour ſix mois qu'il convient d'en répandre. Il inſtruiſit ſa fille en ma préſence même, & de mon départ & des motifs qui me déterminoient. Lodoiska pâlit, ſoupira, regarda ſon pere en rougiſſant, & m'aſſura d'une voix tremblante, que ſes vœux hâteroient mon retour, & que ſon bonheur étoit dans mes mains. Encouragé de cette ſorte, quels dangers pouvois-je craindre ? Je partis ; mais dans le cours de cette campagne, il ne ſe paſſa rien qui mérite d'être rapporté ; les ennemis, auſſi ſoigneux que nous d'éviter une action qui eût pu produire entre les deux nations une guerre ouverte, ſe contenterent de nous fatiguer par des marches fréquentes : nous nous bornâmes à les ſuivre & à les obſerver ; ils nous rencontroient par-tout où le pays ouvert leur eût offert un accès facile. Aux approches de la mauvaiſe ſaiſon, ils parurent ſe retirer chez eux pour y prendre leurs quartiers d'hiver, & notre petite armée, preſque toute compoſée de gentilshommes, ſe ſépara. Je

Je revenois à Varſovie, plein d'impatience & de joie ; je croyois que l'hymen & l'amour alloient me donner Lodoiska...... hélas ! je n'avois plus de pere ! J'appris en entrant dans la Capitale, que la veille même, Lovzinski étoit mort d'une apoplexie. Ainſi, je n'eus pas même la douloureuſe conſolation de recevoir les derniers ſoupirs du plus tendre des peres ; je ne pus que me traîner ſur ſa tombe que j'arroſai de mes pleurs.

Ce n'eſt point, me dit Pulauski, peu touché de ma douleur profonde, ce n'eſt point par des larmes ſtériles, qu'on honore la mémoire d'un pere tel que le tien. La Pologne regrette en lui un héros citoyen qui l'auroit utilement ſervie dans la circonſtance critique à laquelle nous touchons. Epuiſé par une maladie longue, notre Monarque n'a pas quinze jours à vivre,

& du choix de ſon ſucceſſeur, dépendent le bonheur ou le malheur de nos concitoyens. De tous les droits que la mort de ton pere te tranſmet, le plus beau ſans doute eſt celui d'aſſiſter aux Etats, où tu vas le repréſenter ; c'eſt là qu'il doit revivre en toi ; c'eſt là qu'il faut prouver un courage plus difficile que celui qui ne conſiſte qu'à braver la mort dans les combats. La vaillance d'un ſoldat n'eſt qu'une vertu commune ; mais ceux-là ne ſont pas des hommes ordinaires, qui, conſervant dans les occaſions preſſantes un courage tranquille, & déployant une activité pénétrante, découvrent les projets du puiſſant qui cabale, déconcertent les ſourdes intrigues, affrontent les factions hardies ; qui toujours fermes, incorruptibles & juſtes, ne donnent leur ſuffrage qu'à celui qu'ils en ont jugé le plus digne, ne conſiderent que le bien de leur pays ; que l'or & les promesses ne peuvent séduire, que les prieres ne sauroient fléchir, que les menaces n'étonnent pas. Voilà les vertus qui distinguoient ton pere, voilà l'héritage vraiment précieux que tu dois t'empresser à recueillir. Le jour où nos Etats s'assemblent pour l'élection d'un Roi, est l'époque certaine à laquelle se manifestent les prétentions de plusieurs concitoyens, plus occupés de leur intérêt personnel, que jaloux de la prospérité de leur patrie, & les desseins pernicieux des puissances voisines, dont la cruelle politique détruit nos forces en les divisant. Mon ami, je me trompe où le moment fatal approche, qui va fixer à jamais les destins de mon pays menacés ; ses ennemis conspirent sa ruine, ils ont préparé dans le silence une révolution qu'ils ne consommeront pas, tant que mon bras pourra soutenir une épée. Veuille le Dieu protecteur de mon pays, lui épargner les horreurs d'une guerre civile ! mais cette extrémité, quelque affreuse qu'elle soit, deviendra peut-être nécessaire ; je me flatte qu'au moins ce ne sera qu'une crise violente, après laquelle cet Etat régénéré reprendra son antique splendeur. Tu seconderas mes efforts, Lovzinski, les foibles intérêts de l'amour doivent tous disparoître devant des intérêts plus sacrés : je ne puis te donner ma fille dans ces momens de deuil, où la patrie est en danger ; mais je te promets que les premiers jours de la paix seront marqués par ton hymen avec Lodoiska.

Pulaushi ne parla pas en vain, je sentis quels devoirs plus essentiels j'avois désormais à remplir ; mais les soins importans dont je m'occupois, n'offrirent à ma douleur que d'insuffisantes distractions. Je l'avouerai sans rougir : la tristesse de mes sœurs, leur amitié compatiſſante, les careſſes plus réſervées, mais non moins douces de mon amante, firent ſur mon cœur ému, plus d'impreſſion que les conſeils patriotiques de Pulauski. Je vis Lodoiska vivement touchée de ma perte irréparable, auſſi affligée que moi des événemens cruels qui différoient notre union ; & mes chagrins ainſi partagés, ſe trouverent ſenſiblement adoucis.

Cependant le Roi mourut, & la diete fut convoquée. Le jour même qu'elle devoit s'ouvrir, à l'inſtant où j'allois m'y rendre, un inconnu ſe préſente dans mon Palais, & demande à me parler ſans témoins. Dès que mes gens ſe ſont retirés, il entre avec précipitation, ſe jette dans mes bras, & m'embraſſe tendrement. C'étoit M. de P***; dix années écoulées depuis notre ſéparation ne l'avoient pas tellement changé, que je ne puſſe le reconnoître ; je lui témoignai la ſurpriſe & la joie que me cauſoit ſon retour inattendu. Vous ſerez bien plus étonné, me dit-il, quand vous en ſaurez la cauſe. J'arrive à l'inſtant & vais me rendre à l'aſſemblée des Etats ; eſt-ce trop préſumer de votre amitié, que de compter ſur votre voix ? — Sur ma voix ! & pour qui ? — Pour moi, mon ami. Il vit mon étonnement : Oui, pour moi, continua-t-il avec vivacité ; il n'eſt pas tems de vous raconter quelle heureuſe révolution s'eſt faite dans ma fortune & me permet de nourrir de ſi hautes eſpérances ; qu'il vous ſuffiſe maintenant de ſavoir, que du moins mon ambition eſt juſtifiée par le plus grand nombre des ſuffrages, & qu'en vain deux foibles rivaux ſe préparent à me diſputer la Couronne à laquelle je prétends. Lovzinski, pourſuivit il, en m'embraſſant encore, ſi vous n'étiez pas mon ami, si je vous estimois moins, peut-être m'efforcerois-je de vous éblouir par de grandes promesses, peut-être vous montrerois-je quelle faveur vous attend, que d'honorables distinctions vous sont réservées, quelle noble & vaste carriere va désormais vous être ouverte; mais je n'ai pas besoin de vous séduire, & je vais vous persuader. Je le vois avec douleur, & vous le savez comme moi; depuis plusieurs années notre Pologne affoiblie ne doit son salut qu'à la mésintelligence des trois puissances qui l'environnent, & le desir de s'enrichir de nos dépouilles, peut réunir en un moment nos ennemis divisés. Empêchons, s'il se peut, ce triumvirat funeste, dont le démembrement de nos provinces deviendroit l'infaillible suite. Sans doute, en des tems plus heureux, nos ancêtres ont dû maintenir la liberté des

Elections ; il faut aujourd'hui céder à la néceſſité qui nous preſſe. La Ruſſie protégera néceſſairement un Roi qui ſera ſon ouvrage : en recevant celui qu'elle a choiſi, vous prévenez la triple alliance qui rendroit notre perte inévitable, & vous vous aſſurez un allié puiſſant que nous oppoſerons, avec ſuccès, aux deux ennemis qui nous reſtent. Voilà les raiſons qui m'ont déterminé ; je n'abandonne une partie de nos droits que pour conſerver nos droits les plus précieux ; je ne veux monter ſur un trône chancelant, que pour l'affermir par une ſaine politique ; je n'altere enfin la conſtitution de cet Etat que pour ſauver l'état entier.

Nous nous rendîmes à la Diete, j'y votai pour M. de P***, il obtint en effet le plus grand nombre des ſuffrages ; mais Palauski, Zaremba & quelques autres ſe déclarerent pour le prince C** ;

on ne put rien décider, dans le tumulte de cette premiere assemblée.

Quand nous en sortîmes, M. de P*** revint à moi, il m'invita à le suivre dans le palais que des Emissaires secrets lui avoient déjà préparé dans la Capitale (1). Nous nous enfermâmes pendant plusieurs heures; alors se renouvellerent entre nous les protestations d'une amitié toujours durable; alors j'instruisis M. de P*** de mes liaisons intimes avec Pulauski, & de mon amour pour Lodoiska. Il répondit à ma confiance par une confiance plus grande; il m'apprit quels événemens avoient préparé sa grandeur prochaine; il m'expliqua ses desseins secrets, & je

---

(1) La Diete pour l'élection des Rois de Pologne, se tient à une demi-lieue de Varsovie, en pleine campagne, de l'autre côté de la Vistule, près du village de Vola.

le quittai, convaincu qu'il étoit moins occupé du desir de s'élever, que de celui de rendre à la Pologne son antique prospérité.

Ainsi disposé, je volai chez mon futur beau-pere, que je brûlois de ramener au parti de mon ami. Pulauski se promenoit à grands pas dans l'appartement de sa fille, qui paroissoit aussi agitée que lui. Le voilà, dit-il à Lodoiska, dès qu'il me vit paroître; le voilà cet homme que j'estimois & que vous aimiez! il nous sacrifie tous deux à son aveugle amitié. Je voulus répondre, il poursuivit : Vous avez été lié dès l'enfance avec M. de P***, une faction puissante le porte sur le trône, vous le saviez, vous saviez ses desseins; ce matin à la Diete, vous avez voté pour lui, vous m'avez trompé; mais croyez-vous qu'on me trompe impunément? Je le priai de m'entendre; il se contraignit pour garder un ſilence farouche ; je lui appris comment Monſieur de P*** que j'avois négligé depuis long-tems, m'avoit ſurpris par ſon retour imprévu. Lodoiska paroiſſoit charmée d'entendre ma juſtification. On ne m'abuſe pas comme une femme crédule, me dit Pulauski, mais n'importe, continuez. Je lui rendis compte du court entretien que j'avois eu avec M. de P*** avant de me rendre à l'aſſemblée des Etats. Et voilà vos projets ! s'écria-t-il, M. de P*** ne voit d'autre remede aux maux de ſes concitoyens, que leur eſclavage ! il le propoſe, un Lovzinski l'approuve ! & l'on me mépriſe aſſez pour tenter de me faire entrer dans cet infâme complot ! moi ! je verrois ſous le nom d'un Polonois, les Ruſſes commander dans nos provinces ! Les Ruſſes, répéta-t-il avec fureur, ils régneroient dans mon pays ! ( il vint à moi avec la plus grande impétuofité ): Perfide ! tu m'as trompé , & tu trahis ta Patrie ! fors de ce palais à l'inftant, ou crains que je ne t'en faffe arracher.

Je vous l'avoue, Faublas , un affront fi cruel & fi peu mérité me mit hors de moi-même : dans le premier tranfport de ma colere , je portai la main fur mon épée ; plus prompt que l'éclair, Pulauski tira la fienne. Sa fille, fa fille éperdue , fe précipita fur moi : Lovzinski , qu'allez-vous faire ? Aux accens de fa voix fi chere, je repris ma raifon égarée ; mais je fentis qu'un feul inftant venoit de m'enlever Lodoiska pour toujours. Elle m'avoit quitté pour fe jetter dans les bras de fon pere ; le cruel vit ma douleur amere & fe plut à l'augmenter : va ! traître, me dit-il, va ! tu la vois pour la derniere fois.

Je retournai chez moi défefpéré ; les noms odieux que Pulauski m'avoit prodigués

digués, revenoient ſans ceſſe à ma penſée : les intérêts de la Pologne & ceux de M. de P*** me paroiſſoient ſi étroitement liés, que je ne concevois pas comment je pouvois trahir mes concitoyens en ſervant mon ami ; cependant il falloit l'abandonner ou renoncer à Lodoiska : que réſoudre ? quel parti prendre ? je paſſai la nuit toute entiere dans cette cruelle incertitude, & quand le jour parut, j'allai chez Pulauski, ſans ſavoir encore à quoi je pourrois me déterminer.

Un domeſtique reſté ſeul dans le palais, me dit que ſon Maître étoit parti au commencement de la nuit avec Lodoiska, après avoir congédié tous ſes gens. Vous jugez de mon déſeſpoir à cette nouvelle. Je demandai à ce domeſtique où Pulauski étoit allé. Je l'ignore abſolument, me répondit-il ; tout ce que je puis vous dire, c'eſt qu'hier au ſoir, vous ſortiez à peine d'ici quand nous entendîmes un grand bruit dans l'appartement de ſa fille. Encore effrayé de la ſcene terrible qui venoit de ſe paſſer entre vous, j'oſai m'approcher & prêter l'oreille. Lodoiska pleuroit, ſon pere furieux l'accabloit d'injures, lui donnoit ſa malédiction, & je l'entendis qui lui diſoit : qui peut aimer un traître, peut l'être auſſi ; ingrate, je vais vous conduire dans une maiſon ſûre, où vous ſerez déſormais à l'abri de la ſéduction.

Pouvois-je encore douter de mon malheur ? J'appelai Boleſlas, un de mes ſerviteurs les plus fideles : je lui ordonnai de placer autour du palais de Pulauski, des eſpions vigilans, qui puſſent me rendre compte de tout ce qui s'y feroit paſſé ; de faire ſuivre Pulauski par-tout, s'il rentroit avant moi dans la Capitale ; & ne déſeſpérant pas de le rencontrer encore dans ses terres les plus prochaines, je me mis moi-même à sa poursuite.

Je parcourus tous les domaines de Pulauski, je demandai Lodoiska à tous les Voyageurs que je rencontrai ; ce fut inutilement. Après avoir perdu huit jours dans cette recherche pénible, je me décidai à retourner à Varsovie. Je ne fus pas médiocrement étonné de voir une armée Russe campée presque sous ses murs, sur les bords de la *Vistule*.

Il étoit nuit quand je rentrai dans la Capitale ; les palais des Grands étoient illuminés, un peuple immense remplissoit les rues, j'entendis les chants d'allégresse, je vis le vin couler à grands flots dans les places publiques ; tout m'annonça que la Pologne avoit un Roi.

Boleslas m'attendoit avec impatience. Pulauski, me dit-il, est revenu seul dès le fecond jour ; il n'eft forti de chez lui que pour fe rendre à la Diete, où malgré fes efforts, l'afcendànt de la Ruffie s'eft manifefté chaque jour de plus en plus. Dans la derniere affemblée tenue ce matin, M. de P*** réuniffoit prefque toutes les voix, il alloit être élu ; Pulauski a prononcé le fatal *Véto* : à l'inftant vingt fabres ont été tirés. Le fier Palatin de ***, que Pulauski avoit peu ménagé dans l'affemblée précédente, s'eft élancé le premier, & lui a porté fur la tête, un coup terrible : Zaramba & quelques autres ont volé à la défenfe de leur ami ; mais tous leurs efforts n'auroient pu le fauver, fi M. de P*** lui même ne s'étoit rangé parmi eux, en criant qu'il immoleroit de fa main, celui qui oferoit approcher. Les affaillans fe font retirés ; cependant Pulauski perdoit fon fang & fes forces, il s'eft évanoui, on l'a emporté. Zaramba est sorti en jurant de se venger ; restés maîtres des délibérations, les nombreux partisans de M. de P*** l'ont sur-le-champ proclamé Roi. Pulauski rapporté dans son palais, a bientôt repris connoissance. Les chirurgiens appelés pour voir sa blessure, ont déclaré qu'elle n'étoit pas mortelle ; alors, quoiqu'il ressentit de grandes douleurs, quoique plusieurs de ses amis s'opposassent à son dessein, il s'est fait porter dans sa voiture. Il étoit à peine midi quand il est sorti de Varsovie, accompagné de Mazeppa & de quelques mécontens. On le suit, & sans doute on viendra sous peu de jours vous apprendre le lieu qu'il aura choisi pour sa retraite.

On ne pouvoit gueres m'annoncer de plus mauvaises nouvelles. Mon ami étoit sur le trône ; mais ma réconciliation avec Pulauski paroissoit désesmais impoſſible, & vraiſemblablement j'avois perdu Lodoiska pour toujours. Je connoiſſois aſſez ſon pere pour craindre qu'il ne prît des réſolutions extrêmes ; le préſent m'effrayoit, je n'oſai porter mes regards ſur l'avenir, & mes chagrins m'accablerent au point, que je n'allai pas même féliciter le nouveau Roi.

Celui de mes gens que Boleslas avoit détaché à la pourſuite de Pulauski, revint le quatrieme jour, il l'avoit ſuivi juſqu'à 15 lieues de la Capitale : là, Zaramba voyant toujours un inconnu à quelque diſtance de ſa chaiſe de poſte, avoit conçu des ſoupçons. Un peu plus loin, quatre de ſes gens, cachés derriere une maſure, avoient ſurpris mon courier, & l'avoient conduit à Pulauski. Celui-ci, le piſtolet à la main, l'avoit forcé d'avouer à qui il appartenoit : je te renverrai à Lovzinski, lui avoit-il dit, annonce-lui de ma part qu'il n'échappera pas à ma juste vengeance : à ces mots on avoit bandé les yeux à mon courier, il ne pouvoit dire où on l'avoit conduit & renfermé ; mais au bout de trois jours, on l'étoit venu chercher : on avoit encore pris la précaution de lui bander les yeux & de le promener pendant plusieurs heures ; enfin la voiture s'étoit arrêtée ; on l'en avoit fait descendre. A peine il mettoit pied à terre, que ses gardes s'étoient éloignés au grand galot ; il avoit détaché son bandeau, & s'étoit retrouvé précisément à l'endroit, où d'abord on l'avoit arrêté.

Ces nouvelles me donnerent beaucoup d'inquiétude ; les menaces de Pulauski m'effrayoient beaucoup moins pour moi que pour Lodoiska, qui restoit en son pouvoir : il pouvoit, dans sa fureur, se porter contre elle aux dernieres extrémités ; je résolus de m'exposer à tout pour découvrir la retraite du pere, & la prison de la fille. Le lendemain j'instruisis mes sœurs de mon dessein, & je quittai la Capitale : le seul Boleslas m'accompagnoit, je me donnai par-tout pour son frere. Nous parcourûmes toute la Pologne ; je vis alors que l'événement ne justifioit que trop les craintes de Pulauski. Sous prétexte de faire prêter le serment de fidélité pour le nouveau Roi, les Russes répandus dans nos provinces, commettoient mille exactions dans les villes & désoloient les campagnes. Après avoir perdu trois mois en recherches vaines, désespéré de ne pouvoir retrouver Lodoiska, vivement touché des malheurs de ma Patrie, pleurant à la fois sur elle & sur moi, j'allois retourner à Varsovie, pour apprendre moi-même au nouveau Roi, à quels excès des étrangers ſe portoient dans ſes Etats, lorſqu'une rencontre qui ſembloit devoir être pour moi très-fâcheuſe, me força de prendre un parti tout différent.

Les Turcs venoient de déclarer la guerre à la Ruſſie, & les Tartares du Budziac & de la Crimée, faiſoient de fréquentes incurſions dans la Volhynie où je me trouvois alors. Quatre de ces brigands nous attaquerent à la ſortie d'un bois, près d'Oſtropol. J'avois très-imprudemment négligé de charger mes piſtolets; mais je me ſervis de mon ſabre avec tant d'adreſſe & de bonheur, que bientôt deux d'entre eux tomberent griévement bleſſés. Boleslas occupoit le troiſieme, le quatrieme me combattoit avec vigueur, il me fit à la cuiſſe une légere bleſſure, & reçut en même tems un coup terrible qui le renverſa de ſon cheval. Boleslas ſe vit à l'inſtant débarrassé de son ennemi qui, au bruit de la chûte de son camarade, prit la fuite. Celui que j'avois renversé le dernier, me dit en mauvais Polonois un aussi brave homme que toi, doit être généreux, je te demande la vie; ami, au lieu de m'achever, secours-moi, crois-moi, viens m'aider à me relever, bande ma plaie. Il demandoit quartier d'un ton si noble & si nouveau, que je ne balançai pas. Je descendis de cheval; Boleslas & moi nous le relevâmes, nous bandâmes sa plaie. Tu fais bien, brave homme, me disoit le Tartare, tu fais bien. Comme il parloit, nous vîmes s'élever autour de nous un nuage de poussiere; plus de trois cens Tartares accouroient à nous ventre à terre. Ne crains rien, me dit celui que j'avois épargné, je suis le chef de cette troupe. Effectivement, d'un signe il arrêta ses soldats prêts à me massacrer,

Il leur dit dans leur langue quelques mots que je ne compris pas ; ils ouvrirent leurs rangs pour laiſſer paſſer Boleslas & moi. Brave homme, me dit encore leur Capitaine, n'avois-je pas raiſon de te dire que tu faiſois bien ? tu m'as laiſſé la vie, je ſauve la tienne, il eſt quelquefois bon d'épargner un ennemi, & même un voleur. Ecoute, mon ami, en t'attaquant j'ai fait mon métier, tu as fait ton devoir en m'étrillant bien, je te pardonne, tu me pardonnes, embraſſons nous. Il ajouta : le jour commence à baiſſer, je ne te conſeille pas de voyager dans ces cantons cette nuit ; ces gens-là vont aller chacun à leur poſte, & je ne pourrois te répondre d'eux. Tu vois ce château ſur la hauteur à droite, il appartient à un certain comte Dourlinski, à qui nous en voulons beaucoup, parce qu'il eſt fort riche : va lui demander un asyle, dis-lui que tu as blessé Titsikan, que Titsikan te poursuit, il me connoît de nom, je lui ai déjà fait passer quelques mauvaises journées ; au reste, compte que pendant que tu seras chez lui, sa maison sera respectée ; garde-toi sur-tout d'en sortir avant trois jours, & d'y rester plus de huit : adieu.

Ce fut avec un vrai plaisir que nous prîmes congé de Titsikan & de sa compagnie. Les avis du tartare étoient des ordres ; je dis à Boleslas : gagnons promptement ce château qu'il nous à montré, aussi-bien je connois ce Dourlinski de nom. Pulauski m'a quelquefois parlé de lui, il n'ignore peut-être pas où Pulauski s'est retiré ; il n'est pas impossible qu'avec un peu d'adresse, nous le sachions de lui. Je dirai à tout hasard que c'est Pulauski qui nous envoie ; cette recommandation vaudra bien celle de Titsikan : toi, Boleslas, n'oublie pas

que

que je ſuis ton frere, & ne me découvre pas.

Nous arrivâmes aux foſſés du château ; les gens de Dourlinski nous demanderent qui nous étions ; je répondis que nous venions pour parler à leur maître, de la part de Pulauski ; que des brigands nous avoient attaqués & nous pourſuivoient. Le pont-levis fut baiſſé, nous entrâmes ; on nous dit que pour le moment nous ne pouvions parler à Dourlinski, mais que le lendemain ſur les dix heures, il pourroit nous donner audience. On nous demanda nos armes que nous rendîmes ſans difficulté. Boleslas viſita ma bleſſure, les chairs étoient à peine entamées. On ne tarda pas à nous ſervir dans la cuiſine un frugal repas ; nous fûmes conduits enſuite dans une chambre baſſe, où deux mauvais lits venoient d'être préparés : on nous y laiſſa ſans lumiere & l'on nous y enferma.

Je ne pus fermer l'œil de la nuit ; Titſikan ne m'avoit fait qu'une légere bleſſure, mais celle de mon cœur étoit ſi profonde ! au point du jour je m'impatientai dans ma priſon ; je voulus ouvrir les volets, ils étoient fermés à clef. Je les ſecoue vigoureuſement, les ferrures ſautent, je vois un fort beau parc ; la fenêtre étoit baſſe, je m'élance, & me voilà dans les jardins de Dourlinski. Après m'y être promené quelques minutes, j'allai m'aſſeoir ſur un banc de pierre placé au pied d'une tour, dont je conſidérai quelque temps l'architecture antique. Je reſtois là plongé dans mes réflexions, lorſqu'une tuile tomba à mes pieds : je crus qu'elle s'étoit détachée de la couverture de ce vieux bâtiment, & pour éviter un accident pareil, j'allai me placer à l'autre bout du banc. Quelques inſtans après, une ſeconde tuile tomba à côté de moi, le haſard me parut ſurprenant; je me levai avec inquiétude, j'examinai la tour attentivement. J'apperçus à vingt-cinq ou trente pieds de hauteur, une étroite ouverture; je ramaſſai les tuiles qu'on m'avoit jettées; ſur la premiere je déchiffrai ces mots tracés avec du plâtre: Lovzinski, c'eſt donc vous! vous vivez! & ſur la ſeconde, ceux-ci: Délivrez-moi, ſauvez Lodoiska.

Vous ne pouvez, mon cher Faublas, vous figurer combien de ſentimens divers m'agiterent à la fois; mon étonnement, ma joie, ma douleur, mon embarras, ne ſauroient s'exprimer. J'examinois la priſon de Lodoiska, je cherchois comment je pourrois l'en tirer; elle m'envoya encore une tuile, je lus: A minuit apportez du papier, de l'encre & des plumes; demain une heure après le ſoleil levé, venez chercher une lettre ; éloignez-vous.

Je retournai à ma chambre ; j'appellai Boleslas, qui m'aida à rentrer par la fenêtre ; nous raccommodâmes le volet de notre mieux. J'appris à mon ſerviteur fidele la rencontre ineſpérée qui mettoit fin à mes courſes & redoubloit mes inquiétudes. Comment pénétrer dans cette tour ? Comment nous procurer des armes ? Le moyen de tirer Lodoiska de ſa priſon ? Le moyen de l'enlever ſous les yeux de Dourlinski, au milieu de ſes gens, dans un château fortifié ? Et en ſuppoſant que tant d'obſtacles ne fuſſent par inſurmontables, pouvois-je tenter une entrepriſe auſſi difficile, dans le court délai que Titſikan m'avoit laiſſé ? Titſikan ne m'avoit il pas recommandé de reſter chez Dourlinski trois jours, & de n'y pas demeurer plus de huit ? Sortir de ce château avant le troisieme jour ou après le huitieme, n'étoit-ce pas nous exposer aux attaques des Tartares? Tirer ma chere Lodoiska de sa prison pour la livrer à des brigands? être à jamais séparé d'elle par l'esclavage ou par la mort! cela étoit horrible à penser!

Mais pourquoi étoit-elle dans une aussi affreuse prison? La lettre qu'elle m'avoit promise, m'en instruiroit sans doute, il falloit nous procurer du papier; je chargeai Boleslas de ce soin, & moi je me préparai à soutenir devant Dourlinski, le rôle délicat d'un Emissaire de Pulauski.

Il étoit grand jour quand on vint nous mettre en liberté, on nous dit que Dourlinski pouvoit & vouloit nous voir. Nous nous présentâmes avec assurance; nous vîmes un homme de soixante ans à-peu-près, dont l'abord étoit brusque, & les manieres repoussantes. Il nous demanda qui nous étions. Mon frere & moi, lui dis-je, appartenons au Seigneur Pulauski; mon Maître m'a chargé pour vous d'un commiſſion ſecrete, mon frere m'a accompagné pour un autre objet; je dois pour m'expliquer, être ſeul, je dois ne parler qu'à vous ſeul. Hé bien, répondit Dourlinski, que ton frere s'en aille, & vous auſſi, allez vous en, dit-il à ſes gens; quant à celui-ci, (il montra celui qui étoit ſon confident) tu trouveras bon qu'il reſte, tu peux tout dire devant lui. Pulauski m'envoie.... — Je le vois bien, qu'il t'envoie! — Pour vous demander..... — Quoi? (je pris courage) pour vous demander des nouvelles de ſa fille. Des nouvelles de ſa fille! Pulauski t'a dit... — Oui, mon Maitre ma dit que Lodoiska étoit ici. Je m'apperçus que Dourlinski pâliſſoit; il regarda ſon confident & me fixa long-tems en ſilence.

Tu m'étonnes, reprit-il enfin ; pour te confier un ſecret de cette importance, il faut que ton Maître ſoit bien imprudent. — Pas plus que vous, Seigneur ; n'avez-vous pas auſſi un confident ? les grands ſeroient bien à plaindre, s'ils ne pouvoient donner leur confiance à perſonne. Pulauski m'a chargé de vous dire, que Lovzinski avoit déjà parcouru une grande partie de la Pologne, & que ſans doute il viſiteroit vos cantons. S'il oſe venir ici, me répondit-il auſſi-tôt, avec la plus grande vivacité, je lui garde un logement qu'il occupera long-tems ; le connois-tu ce Lovzinski ? — Je l'ai vu ſouvent chez mon maître à Varſovie. — On le dit bel homme ? — Il eſt bien fait, & de ma taille à-peu-près. — Sa figure ? — Eſt prévenante ; c'eſt un.... C'eſt un inſolent, interrompit-il avec colere, ſi jamais il tombe en mes mains ! — Seigneur, on aſſure qu'il eſt brave. — Lui ! je parie qu'il ne ſait que ſéduire des filles ? ſi jamais il tombe en mes mains ! ( je me contins ; il ajouta d'un ton plus calme, ) il y a bien long-tems que Pulauski ne m'a écrit, où eſt-il à préſent ? — Seigneur, j'ai des ordres précis de ne pas répondre à cette queſtion là : tout ce que je puis vous dire, c'eſt qu'il a pour cacher ſa retraite, & pour n'écrire à perſonne, de grandes raiſons qu'il viendra bientôt vous expliquer lui-même.

Dourlinski parut très-étonné ; je crus même remarquer quelques ſignes de frayeur ; il regarda ſon confident, qui ſembloit auſſi embarraſſé que lui. — Tu dis que Pulauski viendra bientôt... — Oui, Seigneur, ſous quinzaine au plus tard. Il regarda encore ſon confident, & puis affectant tout-à-coup autant de ſang-froid qu'il avoit montré d'embarras : retourne à ton Maître : je ſuis fâché de n'avoir que de mauvaiſes nouvelles à lui donner ; tu lui diras que Lodoiska n'eſt plus ici. Je fus à mon tour fort ſurpris. Quoi ! Seigneur, Lodoiska.... — N'eſt plus ici, te dis-je. Pour obliger Pulauski que j'eſtime, je me ſuis chargé, quoique avec répugnance, du ſoin de garder ſa fille dans mon château : perſonne que moi & lui, ( il me montra ſon confident ) ne ſavoit qu'elle y fût. Il y a environ un mois, nous allâmes comme à l'ordinaire, lui porter des vivres pour ſa journée, il n'y avoit plus perſonne dans ſon appartement. J'ignore comment elle a fait ; mais ce que je ſais bien, c'eſt qu'elle s'eſt échappée, je n'ai pas entendu parler d'elle depuis : elle ſera ſans doute allée joindre Lovzinski à Varſovie, ſi pourtant les Tartares ne l'ont pas enlevée ſur la route.

Mon étonnement devint extrême ; comment concilier ce que j'avois vu dans le jardin, avec ce que Dourlinski me disoit ? Il y avoit là quelque mystere que j'étois bien impatient d'approfondir ; cependant je me gardai bien de faire paroître le moindre doute : Seigneur, voilà des nouvelles bien tristes pour mon maître. — Sans doute, mais ce n'est pas ma faute. — Seigneur, j'ai une grace à vous demander — Voyons. — Les Tartares dévastent les environs de votre château, ils nous ont attaqués, nous leur avons échappé comme par miracle, ne nous accorderez-vous pas, à mon frere & à moi, la permission de nous reposer ici seulement deux jours ? — Seulement deux jours, j'y consens. Où les a-t-on logés ? demanda-t-il à son confident. Au rez-de-chaussée, répondit celui-ci, dans une chambre basse... Qui donne sur mes jardins ! interrompit

Dourlinski avec inquiétude. Les volets ferment à clef, répondit l'autre.—N'importe, il faut les mettre ailleurs. Ces mots me firent trembler. Le confident répliqua : cela n'est pas possible ; mais... il lui dit le reste à l'oreille. A la bonne heure, répondit le Maître, & qu'on le fasse à l'instant ; & s'adressant à moi : ton frere & toi vous vous en irez après demain ; avant de partir, tu me parleras, je te donnerai une lettre pour Pulauski.

J'allai rejoindre Boleslas dans la cuisine, où il déjeûnoit : il me remit une petite bouteille pleine d'encre, plusieurs plumes & quelques feuilles de papier qu'il s'étoit procurées sans peine. Je brûlois d'envie d'écrire à Lodoiska ; l'embarras étoit de trouver un lieu commode, où les curieux ne pussent m'inquiéter. On avoit déjà prévenu Boleslas que nous ne rentrerions dans la chambre où nous avions passé la nuit, que pour y coucher. Je m'avisai d'un stratagême qui me réussit parfaitement. Les gens de Dourlinski buvoient avec mon prétendu frere, ils me proposerent poliment de les aider aussi à vuider quelques flacons. J'avalai de bonne grace & coup sur coup, plusieurs verres d'un fort mauvais vin : bientôt mes jambes chancelerent, ma langue s'embarrassa, je fis à la troupe joyeuse, cent contes aussi plaisans que déraisonnables ; en un mot, je jouai si bien l'ivresse, que Boleslas lui-même, en fut la dupe. Il trembloit que, dans ce moment où je paroissois disposé à tout dire, mon secret ne m'échappât. Messieurs, dit-il aux buveurs étonnés, mon frere n'a pas la tête forte aujourd'hui, c'est peut-être un effet de sa blessure, ne le faisons plus ni parler ni boire, je crains que cela ne l'incommode, & même, si vous vouliez m'obliger, vous m'aideriez à

le

le porter fur fon lit. Sur le fien ? non, cela ne fe peut pas, répondit l'un deux ; mais je prêterai volontiers ma chambre. On me prit, on m'entraîna, on me monta dans un grenier, dont un lit, une table & une chaife formoient tout l'ameublement. On m'enferma dans ce taudis, c'étoit là tout ce que je voulois ; dès que je fus feul, j'écrivis à Lodoiska une lettre de plufieurs pages. Je commençois par me juftifier pleinement des crimes que Pulauski m'avoit fuppofés ; je lui racontois enfuite tout ce qui m'étoit arrivé depuis le moment de notre féparation, jufqu'à celui où j'avois été reçu chez Dourlinski ; je lui détaillois l'entretien que je venois d'avoir avec celui ci ; je finiffois par l'affurer de l'amour le plus tendre & le plus refpectueux ; je lui jurois que dès qu'elle m'auroit donné fur fon fort les éclairciffemens néceſſaires, je m'expoſerois à tout; pour finir ſon horrible eſclavage.

Dès que ma lettre fût fermée, je me livrai à des réflexions qui me jetterent dans une étrange perplexité. Etoit-ce bien Lodoiska qui m'avoit jetté ces tuiles dans le jardin? Pulauski auroit-il eu l'injuſtice de punir ſa fille d'un amour que lui-même avoit approuvé? Auroit-il eu l'inhumanité de la plonger dans une affreuſe priſon? & quand même la haine qu'il m'avoit jurée, l'auroit aveuglé à ce point, comment Dourlinski avoit-il pu ſe réſoudre à ſervir ainſi ſa vengeance? Mais d'un autre côté, depuis trois mois, je ne portois, pour me déguiſer mieux, que des habits groſſiers; les fatigues d'un long voyage & mes chagrins m'avoient beaucoup changé; quelle autre qu'une amante, avoit pu reconnoître Lovzinski dans les jardins de Dourlinski?

N'avois-je pas vu d'ailleurs le nom de Lodoiska tracé fur la tuile ? Dourlinski lui-même n'avouoit-il pas que Lodoiska avoit été chez lui prifonniere ? Il ajoutoit, il eft vrai, qu'elle s'étoit échappée ; mais cela étoit-il croyable ? Et pourquoi cette haine que Dourlinski m'avoit vouée à moi, fans me connoître ? Pourquoi cet air d'inquiétude, quand on lui avoit dit que les Emiffaires de Pulauski occupoient une chambre qui donnoit fur le jardin ? Pourquoi fur-tout cet air d'effroi, quand je lui avois annoncé la prochaine arrivée de mon prétendu Maître ? Tout cela étoit bien fait pour me donner de terribles inquiétudes ; j'entrevoyois des chofes affreufes, que je ne pouvois expliquer. Depuis deux heures je me faifois fans ceffe de nouvelles queftions, auxquelles j'étois fort embarraffé de répondre, lorfqu'enfin Boleslas vint voir fi fon frere avoit recouvré la raiſon. Je n'eus pas de peine à le convaincre que mon ivreſſe avoit été feinte ; nous deſcendîmes dans la cuiſine, où nous paſſâmes le reſte de la journee. Quelle ſoirée ! mon cher Faublas, aucune de ma vie ne me parut ſi longue, pas même celles qui la ſuivirent.

Enfin l'on nous conduiſit dans notre chambre, où l'on nous enferma comme la veille, ſans nous laiſſer de lumiere, il fallut encore attendre près de deux heures avant que minuit ſonnât. Au premier coup de la cloche, nous ouvrimes doucement les volets & la fenêtre ; je me préparois à ſauter dans le jardin ; mon embarras fut égal à mon déſeſpoir, quand je me vis retenu par des barreaux. Voilà dis-je à Boleslas, ce que le maudit confident de Dourlinski lui diſoit à l'oreille : voilà ce qu'approuvoit le maître odieux, quand il répondit : *à la bonne heure, & qu'on le fasse à l'instant ;* voilà ce qu'ils ont exécuté dans la journée ; c'est pour cela que l'entrée de cette chambre nous a été interdite. Seigneur, ils ont travaillé en dehors, me répondit Boleslas, car ils n'ont pas apperçu que ce volet avoit eté forcé. Hé ! qu'ils l'aient vu ou non, m'écriai-je avec violence, que m'importe ? cette grille fatale renverse toutes mes espérances, elle assure l'esclavage de Lodoiska, elle assure ma mort.

Oui, sans doute, elle assure ta mort, me cria-t-on, en ouvrant ma porte. Dourlinski précédé de quelques hommes armés, & suivi de quelques autres qui portoient des flambeaux, Dourlinski entra le sabre à la main. Traître ! me dit-il, en me lançant des regards où sa fureur étoit peinte, j'ai tout entendu ; je saurai qui tu es, tu me diras ton nom, ton prétendu frere le dira, tremble ! je ſuis de tous les ennemis de Lovzinski le plus implacable ! qu'on les fouille ! dit-il à ſes gens : ils ſe précipiterent ſur moi, j'étois ſans armes, je fis une réſiſtance inutile. Ils m'enleverent mes papiers & la lettre que j'avois préparée pour Lodoiska. Dourlinski donna, en la liſant, mille ſignes d'impatience, il y étoit peu ménagé. Lovzinski, me dit-il avec une rage étouffée, je mérite déjà toute ta haine, bientôt je la mériterai davantage ; en attendant, tu reſteras avec ton digne confident dans cette chambre que tu aimes. A ces mots il ſortit, on ferma la porte à double tour ; il poſa une ſentinelle en dehors, & une autre vis-à-vis les fenêtres dans le jardin.

Vous vous figurez dans quel accablement nous reſtâmes plongés, Boleſlas & moi. Mes malheurs étoient à leur comble ; ceux de Lodoiska m'affectoient bien plus vivement : l'infortunée ! quelle devoit être son inquiétude ! elle attendoit Lovzinski, & Lovzinski l'abandonnoit ! mais non, Lodoiska me connoissoit trop bien, elle ne me soupçonneroit pas d'une aussi lâche perfidie. Lodoiska ! elle jugeroit son amant d'après elle ! elle sentiroit que Lovzinski partageoit son sort, puisqu'il ne la secouroit pas.... hélas ! & la certitude de mon malheur augmenteroit encore le sien !

Telles furent dans le premier moment mes réflexions cruelles ; on me laissa tout le tems d'en faire beaucoup d'autres non moins tristes. Le lendemain on nous passa par les barreaux de notre fenêtre, les provisions pour notre journée. A la qualité des alimens qu'on nous fournissoit, Boleslas jugea qu'on ne chercheroit pas à nous rendre notre prison fort agréable. Boleslas moins malheureux que moi, supportoit son sort plus courageusement ; il m'offrit ma part du maigre repas qu'il alloit faire. Je ne voulois point manger ; il me pressoit vainement ; l'existence étoit devenue pour moi un insupportable fardeau. Ah ! vivez me dit-il enfin, en versant un torrent de larmes, vivez ! si ce n'est pas pour Boleslas, que ce soit pour Lodoiska. Ces mots firent sur moi la plus vive impression, ils ranimerent mon courage ; l'espérance rentra dans mon cœur, j'embrassai mon serviteur fidele. O ! mon ami, m'écriai-je avec transport, ô mon véritable ami ! je t'ai perdu, & mes maux me touchent plus que les tiens ! donne, Boleslas, donne, je vivrai pour Lodoiska, je vivrai pour toi : veuille le juste ciel me rendre bientôt ma fortune & mon rang, tu verras que ton Maître n'est pas un ingrat. Nous nous embraſſâmes encore. Ah ! mon cher Faublas, ſi vous ſaviez comme le malheur rapproche les hommes ! comme il eſt doux, lorſqu'on ſouffre, d'entendre un autre infortuné, vous adreſſer un mot de conſolation !

Il y avoit douze jours que nous gémiſſions dans cette priſon, lorſqu'on vint m'en tirer pour me conduire à Dourlinski. Boleslas voulut me ſuivre, on le repouſſa durement ; cependant on me permit de lui parler un moment. Je tirai de mon doigt une bague que je portois depuis plus de dix ans ; je dis à Boleslas : cette bague me fut donnée par M. de P***, lorſque nous faiſions enſemble nos exercices à Varſovie; prends-la, mon ami conſerve la à cauſe de moi. Si Dourlinski conſomme aujourd'hui ſa trahiſon en me faiſant aſſaſſiner, s'il te permet enſuite de ſortir de ce château, va trouver ton Roi, montre-lui ce bijou, rappelle-lui notre ancienne amitié, raconte-lui mes malheur ; Boleslas, il te récompensera, il fera secourir Lodoiska. Adieu, mon ami.

On me conduisit à l'appartement de Dourlinski ; dès que la porte s'entr'ouvrit, j'apperçus dans un fauteuil une femme évanouie : j'approchai, c'étoit Lodoiska. Dieu ! que je la trouvai changée !.... mais qu'elle étoit belle encore ! Barbare ! dis-je à Dourlinski. A la voix de son amant, Lodoiska reprit ses sens. Ah, mon cher Lovzinski, sais-tu ce que l'infâme me propose ? sais-tu à quel prix il m'offre ta liberté ? Oui, s'écria Dourlinski furieux, oui, je le veux : te voilà bien sûre qu'il est en mon pouvoir ; si dans trois jours je n'obtiens rien, dans trois jours il est mort. Je voulois me jetter aux genoux de Lodoiska, mes gardes m'en empêcherent : je vous revois enfin, tous mes maux ſont oubliés, Lodoiska, la mort n'a plus rien qui m'épouvante... Toi, lâche, ſonge que Pulauski vengera ſa fille, ſonge que le Roi vengera ſon ami. Qu'on l'emmene! s'écria Dourlinski. Ah, me dit Lodoiska, mon amour t'a perdu! Je voulois répondre, on m'entraîna, on me reconduiſit dans ma priſon. Boleslas me reçut avec des tranſports de joie inexprimables, il m'avoua qu'il m'avoit cru perdu : je lui racontai comment ma mort n'étoit que différée. La ſcene dont je venois d'être témoin, avoit enfin confirmé tous mes ſoupçons; il étoit clair que Pulauski ignoroit les indignes traitemens que ſa fille eſſuyoit; il étoit clair que Dourlinski, amoureux & jaloux, ſatisferoit ſa paſſion, à quelque prix que ce fût.

Cependant des trois jours que Dourlinski avoit laiſſés à Lodoiska pour ſe déterminer, deux déjà s'étoient écoulés, nous étions au milieu de la nuit qui précédoit le troisieme, je ne pouvois dormir, & me premenois dans ma chambre à grands pas. Tout à coup j'entends crier, aux armes: des hurlemens affreux s'élevent de toutes parts autour du château, il se fait un grand mouvement dans l'intérieur; la sentinelle posée devant nos fenêtres, quitte son poste: Boleslas & moi nous distinguons la voix de Dourlinski; il appelle, il encourage ses gens; nous entendons distinctement le cliquetis des armes, les plaintes des blessés, les gémissemens des mourans. Le bruit d'abord très-grand semble diminuer, il recommence ensuite, il se prolonge, il redouble, on crie victoire! beaucoup de gens accourent & ferment les portes sur eux avec force. Tout-à-coup à ce vacarme affreux, succede un silence effrayant: bientôt un bruissement sourd frappe nos oreilles,

l'air

l'air ſiffle avec violence, la nuit devient moins ſombre, les arbres du jardin ſe colorent d'une teinte jaune & rougeâtre, nous volons à la fenêtre : les flammes dévoroient le château de Dourlinski, elles gagnoient de tous côtés la chambre où nous étions, & pour comble d'horreur, des cris perçans partoient de la tour où je ſavois que Lodoiska étoit enfermée.

---

Ici M. Duportail fut interrompu par le marquis de B***, qui n'ayant trouvé aucun laquais dans l'anti-chambre, entra ſans avoir été annoncé : il recula deux pas en me voyant : ah ! ah ! dit-il en ſaluant M. Duportail, c'eſt que vous avez auſſi un fils ? puis s'adreſſant à moi : Monſieur eſt apparemment le frere ?... — De ma ſœur, oui, Monſieur. — Hé bien, vous avez une ſœur fort aimable, charmante, mais charmante ! Vous êtes auſſi honnête qu'indulgent, interrompit M. Duportail. — Indulgent! oh, je ne le ſuis pas toujours ; par exemple, je ſuis venu pour vous faire des reproches à vous, Monſieur. — A moi! aurois-je eu le malheur ?.... — Oui, vous nous avez joué avant-hier un tour ſanglant. — Comment ? Monſieur. — Vous avez chargé ce petit Roſambert de nous enlever Mademoiſelle Duportail ; la Marquiſe comptoit bien que ſa chere fille paſſeroit la nuit chez elle. Point du tout. — J'ai craint, Monſieur, que ma fille ne vous cauſât beaucoup d'embarras. — Aucun, aucun, Monſieur ; Mademoiſelle Duportail eſt charmante, ma femme raffolle d'elle, je vous l'ai déja dit : en vérité, ajouta-t-il en ricanant, je crois que la Marquiſe aime cette enfant là, plus qu'elle ne m'aime moi-même. Je ſuis pourtant ſon mari !..., au moins ſi vous étiez venu vous-même la chercher ! — Pardon, Monſieur, j'étois incommodé, je le ſuis même encore beaucoup.... je ſais que je dois à Madame de B*** des remercîmens... — Ce n'eſt pas pour cela! (pendant ce dialogue, on ſent que je n'étois pas tout-à-fait à mon aiſe; le Marquis me conſidéroit avec une attention qui m'inquiétoit.) Savez-vous bien, me dit-il enfin, que vous reſſemblez beaucoup à mademoiſelle votre ſœur ? — Monſieur, vous me flattez. — Mais, c'eſt que cela eſt frappant: allez, allez, je m'y connois bien, d'abord tous mes amis conviennent que je ſuis phyſionomiſte, je vous le demande à vous même; je ne vous avois jamais vu, & je vous ai reconnu tout de ſuite !

M. Duportail ne put s'empêcher de rire avec moi, de la bonne foi du Marquis : Monſieur, dit-il à celui-ci, c'eſt que, comme vous l'avez fort bien remarqué, mon fils & ma fille se ressemblent un peu ; il faut convenir qu'il y a un air de famille. Oui répondit le Marquis en me regardant toujours, ce jeune homme est bien, fort bien ; mais sa sœur est encore mieux, beaucoup mieux ( il me prit par le bras. ) Elle est un peu plus grande, elle a l'air plus raisonnable, quoiqu'elle soit un peu espiegle ; c'est bien là sa figure, mais il y a dans vos traits quelque chose de plus hardi. Vous avez moins de graces dans le maintien, & dans toute l'habitude du corps quelque chose de plus... nerveux, de plus roide. Oh ! dame, n'allez pas vous fâcher, tout cela est bien naturel ; il ne faut pas qu'un garçon soit fait comme une fille ! ( le flegme de M. Duportail ne put tenir contre ses derniers propos ; le Marquis nous vit rire, & se mit à rire de tout son cœur. ) Oh ! reprit-il, je vous l'ai dit, je ſuis grand phyſionomiſte ! moi :... mais n'aurai-je pas le bonheur de voir la chere ſœur ? Monſieur Duportail ſe hâta de répondre : Non, Monſieur, elle eſt allée faire ſes adieux. — Ses adieux ! — Oui, Monſieur, elle part demain matin pour ſon couvent. — Pour ſon couvent ! à Paris ? — Non... à... Soiſſons. — A Soiſſons ! Demain matin ? Cette chere enfant nous quitte ? — Il le faut bien, Monſieur. — Elle fait actuellement ſes viſites ? — Oui, Monſieur. — Et ſans doute elle viendra dire adieu à ſa maman ? — Aſſurément, Monſieur, & elle doit même être actuellement chez vous. — Ah ! que je ſuis fâché ! ce matin, la Marquiſe étoit encore malade, elle a voulu ſortir ce ſoir ! je lui ai repréſenté qu'il faiſoit froid, qu'elle s'enrhumeroit ; mais les femmes veulent ce qu'elles veulent, elle eſt ſortie : hé bien, tant pis pour elle, elle ne verra pas ſa chere fille, & moi je la verrai ; car elle ne tardera ſûrement pas à revenir : Elle a pluſieurs viſites à faire, dis-je au Marquis. Oui, ajouta M. Duportail, nous ne l'attendons que pour ſouper. — On ſoupe donç, ici ? vous avez raiſon, ils ont tous la manie de ne pas manger le ſoir ; moi, je n'aime pas à mourir de faim, parce que c'eſt la mode. Vous ſoupez, vous! hé bien, je reſte, je ſoupe avec vous ; vous allez dire que j'en uſe bien librement ; mais je ſuis ainſi fait, je veux qu'on agiſſe de même avec moi ; quand vous me connoîtrez mieux, vous verrez que je ſuis un bon diable.

Il n'y avoit pas moyen de reculer. M. Duportail prit ſon parti ſur-le-champ. Je ſuis fort aiſe, M. le Marquis, que vous veuilliez bien être des nôtres. Vous permettrez ſeulement que mon fils nous quitte pour une heure ou deux, il a quelques affaires pressées. — Monsieur, qu'on ne se gêne pas pour moi, qu'il nous quitte, mais qu'il revienne, car il est fort aimable, Monsieur votre fils. — Vous permettrez aussi que je vous laisse un moment, pour lui dire deux mots? — Faites, Monsieur, comme si je n'étois pas là. (je saluai le Marquis, il se leva précipitamment, me prit par la main, & dit à M. Duportail:) tenez, Monsieur, vous direz tout ce que vous voudrez, ce jeune homme là ressemble à sa sœur comme deux gouttes d'eau! je me connois en figures, je soutiendrois cela devant l'abbé Pernetti (1). Oui, Monsieur, répondit M. Duportail, il y a un air de famille.

---

(1) M. l'Abbé Pernetti a fait sur la physionomie, un Ouvrage en deux volumes, intitulé : *Connoissance de l'homme moral, par l'homme physique.*

A ces mots, il paſſa avec moi dans un autre appartement. Parbleu ! me dit-il, c'eſt un ſingulier homme, que votre Marquis ! il ne ſe gêne pas avec ceux qu'il aime.—Mon très-cher pere, il eſt bien vrai que le Marquis eſt venu ſans façon s'impatroniſer chez nous ; mais quant à moi, j'aurois tort de m'en plaindre, je me ſuis mis chez lui fort à mon aiſe.— Quant à vous, c'eſt bien dit : mais laiſſons la plaiſanterie, & voyons comment nous allons ſortir de là. Si je ne conſidérois que lui, cela ſeroit bientôt fini ; mais mon ami, vous avez des ménagemens à garder à cauſe de ſa femme.... écoutez.... retournez chez vous, faites prendre à votre laquais un habit quelconque, & qu'il vienne annoncer ici que Mademoiſelle Duportail ſoupe chez Madame de*** ; le premier nom qui vous viendra à l'eſprit. — Hé bien, après ? le Marquis ſoupera toujours avec vous, & il attendra tranquillement le retour de votre fille ; c'eſt ainſi qu'il eſt fait, il vous l'a dit lui-même. — Comment donc faire ?.... — Comment ? mon très-cher pere, je fais ſi bien la demoiſelle ! je vais m'habiller en femme, & votre fille viendra réellement ſouper avec vous. Ce ſera votre fils, au contraire, qui ſera retenu & qui ne viendra pas. Il eſt ſix heures, je ſerai de retour à dix ; j'ai le tems — A la bonne heure ; convenez pourtant que Lovzinski joue là un ſingulier rôle .. Vous m'avez embarqué dans une aventure ?... mais il n'y a plus à s'en dédire : allez vîte & revenez.

Je courus à l'hôtel ; Jaſmin me dit que mon pere étoit ſorti, & qu'une fort jolie Demoiſelle m'attendoit chez moi depuis plus d'une heure. Une jolie Demoiſelle ! Jaſmin ! je m'élançai comme un trait dans mon appartement. Ah, ah, Juſtine, c'eſt toi! Jaſmin diſoit bien que c'étoit une jolie Demoiſelle! & j'embraſſai Juſtine. Gardez cela pour ma Maîtreſſe, me dit-elle d'un petit air boudeur.— Pour ta Maîtreſſe, Juſtine? Tu la vaux bien! — Qui vous l'a dit? — Je le ſoupçonne, il ne tient qu'à toi que j'en ſois certain; & j'embraſſai Juſtine, & Juſtine me laiſſoit faire, en répétant: gardez cela pour ma Maîtreſſe: mon Dieu! que vous êtes bien avec vos habits! ajouta-t-elle, eſt-ce que vous les quitterez encore pour vous déguiſer en femme? — Ce ſoir pour la derniere fois, Juſtine; après cela je ſerai toujours homme...... à ton ſervice, belle enfant.— A mon ſervice? Oh que non; au ſervice de Madame. — Au ſien & au tien en même tems, Juſtine. — Oui dà! il vous en faut donc deux à la fois? — Je ſens, ma chere, que ce n'eſt pas trop ; & j'embraſſai Juſtine, & mes mains ſe promenoient ſur une gorge fort blanche qu'on ne défendoit preſque pas. Mais voyez donc comme il eſt hardi ! diſoit Juſtine ; qu'eſt devenu la modeſtie de Mademoiſelle Duportail ? — Ah, Juſtine, ah, tu ne ſais pas comme une nuit m'a changé ! — Cette nuit-là avoit bien changé ma Maîtreſſe auſſi ! le lendemain elle étoit pâle ! fatiguée !.... mon Dieu ! en la voyant, je n'ai pas eu de peine à deviner que Mademoiſelle Duportail étoit un bien brave jeune homme ! — Quand je te dis, Juſtine, que je n'en aurois pas trop de deux.

Je voulus l'embraſſer ; pour cette fois elle ſe défendit en reculant. Mon lit ſe trouva derriere elle, elle y tomba à la renverſe ; & par un malheur auquel on s'attend peut-être, je perdis l'équilibre au même inſtant.

Quelques minutes après, Juſtine qui ne ſe preſſoit pas de réparer ſon déſordre, me demanda en riant ce que je penſois de la petite eſpiéglerie qu'elle avoit faite au Marquis. — Quoi donc, mon enfant ! — L'étiquette au milieu du dos ? que dites-vous du tour ? — Charmant ! délicieux ! preſque auſſi bon que celui que nous venons de faire à la Marquiſe. — A propos d'elle, & ma commiſſion donc, ma Maîtreſſe vous attend.... — Elle m'attend ? j'y cours ! — Là ; le voilà parti ! & où courez-vous ? — Je n'en ſais rien. — Voyez donc comme il me plantoit là — Juſtine, c'eſt que ... tu conçois... — Je conçois que vous êtes un franc libertin. — Tiens, Juſtine, faiſons la paix ; un louis d'or & un baiſer. — Je prends l'un très-volontiers... & je vous donne l'autre de bon cœur. Le charmant jeune homme ! joli, vif & généreux ! Oh ! comme

comme vous avancerez dans le monde! ah! ça partons, ſuivez-moi par derriere, à quelque diſtance & ſans affectation. Vous me verrez entrer dans une boutique : à côté eſt une porte cochere, que vous trouverez entr'ouverte ; vous entrerez vîte ; un portier vous demandera qui vous êtes ; vous répondrez, *l'Amour* ; vous grimperez au premier étage : ſur une petite porte blanche, vous lirez ce mot, *Paphos :* vous ouvrirez avec la clef que voici, & vous ne reſterez pas long-tems ſeul.

Avant de ſortir, j'appellai Jaſmin, pour lui ordonner de prendre un autre habit que celui de la maiſon, & d'aller de la part de M. de Saint Luc, annoncer à M. Duportail, que ſon fils ne reviendroit pas ſouper.

Cependant Juſtine s'impatientoit, je la ſuivis ; elle entra chez une marchande de modes ; je me précipitai dans la porte cochere. *L'Amour !* criai-je au portier, & d'un saut je fus à *Paphos*. J'ouvris, j'entrai ; le lieu me parut digne du Dieu qu'on y adoroit. Un petit nombre de bougies n'y répandoit qu'un jour doux ; je vis des peintures charmantes, je vis des meubles aussi élégans que commodes ; je remarquai sur-tout dans le fond d'une alcove dorée, tapissée de glaces, un lit à ressort, dont les draps de satin noir, devoient relever merveilleusement l'éclat d'une peau fine & blanche. Alors je me ressouvins que j'avois promis à M. Duportail de ne plus revoir la Marquise & l'on devine que je m'en ressouvins trop tard.

Une porte que je n'avois pas remarquée, s'ouvrit tout-à-coup ; la Marquise entra. Voler dans ses bras, lui donner vingt baisers, l'emporter dans l'alcove, la poser sur le lit mouvant, m'y plonger avec elle dans une douce extafe, ce fut l'affaire d'un moment. La Marquife reprit fes fens en même tems que moi. Je lui demandai comment elle fe portoit. Que dites-vous donc ? répondit-elle d'un air étonné. Je répétai : ma chere petite maman, comment vous portez-vous ? Elle partit d'un éclat de rire. Je croyois avoir mal entendu, le *comment vous portez-vous* eft excellent ; mais fi j'étois incommodée, il feroit bien tems de me le demander. Croyez-vous que ce régime-ci, convienne à une perfonne malade ? Mon cher Faublas, ajouta-t-elle en m'embraffant tendrement, vous êtes bien vif. — Ma chere petite maman, c'eft que je fais aujourd'hui bien des chofes que j'ignorois il y a trois jours. — Craignez-vous de les oublier, fripon que vous êtes. — Oh, non. — Oh, non, répéta-t-elle en me contrefaifant, je vous crois bien, Monfieur le libertin. ( Elle m'embraffa encore. ) Promettez de ne vous en ſouvenir jamais qu'avec moi, de ces choſes-là. — Je vous le promets, ma petite maman. — Vous jurez d'être fidele ? — Je le jure. — Toujours ? — Oui, toujours. — Mais dites-moi donc, vous avez beaucoup tardé à me venir joindre, petit ingrat. — Je n'étois pas chez moi, j'ai dîné chez M. Duportail. — Chez M. Duportail, il vous a parlé de moi ? — Oui. — Vous ne lui avez pas conté les folies ?... — Non, maman. — Elle continua d'un ton très-ſérieux : vous lui avez bien dit que j'ai été comme le Marquis, trompée par les apparences ? — Oui, maman. — Et que je le ſuis encore, pourſuivit-elle d'une voix tremblante, mais en me donnant le baiſer le plus tendre. — Oui, maman. — Charmant enfant ! s'écria-t-elle, il faudra donc que je t'adore ! — Si vous ne voulez pas être une ingrate, il le faudra.

Cette réponſe me valut pluſieurs careſſes ; & puis un reſte d'inquiétude ſe faiſant ſentir encore : ainſi vous avez aſſuré M. Duportail, que je vous crois... fille, ajouta la Marquiſe, en rougiſſant. — Oui. — Vous ſavez donc mentir. — Eſt ce que j'ai menti ? — Je penſe que le fripon ſe moque de ſa maman ?

Je feignis de vouloir m'enfuir, elle me retint : demandez pardon, tout-à-l'heure, Monſieur. Je le demandai comme un homme qui étoit bien ſûr de l'obtenir ; le badinage s'échauffa, la paix fut ſignée.

Vous n'êtes plus fâchée ? dis-je à la Marquiſe. Bon ! répondit-elle en riant, eſt-ce que la colere d'une amante tient contre de pareils procédés ? — Petite maman, je paſſe avec vous des momens bien doux ; ſavez-vous à qui j'en ai l'obligation, — Il ſeroit bien ſingulier que vous cruſſiez devoir de la reconnoissance à quelqu'autre qu'à moi. — Cela est singulier, j'en conviens ; mais cela est. — Expliquez-vous, mon bon ami. — J'ignorois le bonheur que vous me prépariez, je serois encore chez Monsieur Duportail, si votre cher mari n'étoit venu faire une visite..... — A Monsieur Duportail ? — Et à moi, maman. — Il vous a vu chez Monsieur Duportail ?

Ici je racontai à ma belle Maîtresse, tout ce qui s'étoit passé dans la visite que le Marquis nous avoit faite. Elle se contint beaucoup pour ne pas rire. Ce pauvre Marquis ! me dit-elle, il a la plus maligne étoile ! il semble qu'il aille exprès chercher le ridicule ! une femme est bien malheureuse, mon cher Faublas, dès qu'elle aime quelqu'un, son mari n'est plus qu'un sot. — Petite maman, vous n'êtes pas tant à plaindre ! il me semble que dans ce cas, le malheur eſt pour le mari. — Ah, c'eſt que, répondit-elle en prenant un air ſérieux, on ſouffre toujours des humiliations qu'un mari reçoit. — On en ſouffre quelquefois, je le veux bien; mais auſſi n'en profite-t-on jamais? — Faublas, vous vous ferez battre!... mais dites-moi, il faut que vous alliez ſouper avec le Marquis, & vous n'avez pas de robe, & puis comptez-vous me quitter ſi tôt? — Le plus tard qu'il me ſera poſſible, ma belle maman. — Mais vous pouvez vous habiller ici. A ces mots elle ſonna Juſtine; va, lui dit-elle, chercher une de mes robes, il faut que nous habillons Mademoiſelle. Je fermai la porte ſur Juſtine, qui me donna un petit ſoufflet, la Marquiſe ne s'en apperçut pas; je retournai près d'elle.

Petite maman, êtes-vous bien ſûre

que votre femme-de-chambre ne jasera pas ? — Oui, mon ami, je lui donnerai pour se taire, beaucoup plus d'argent qu'on ne lui en donneroit pour parler. Je ne pouvois vous recevoir chez moi ; il falloit renoncer au plaisir de vous voir, ou me décider à faire une imprudence : mon cher Faublas, je n'ai pas balancé... Charmant enfant ! ce n'est pas la premiere folie que tu me fais faire : elle prit ma main qu'elle baisa, & dont elle se couvrit les yeux. — Petite maman, vous ne me voulez plus voir ! — Ah, toujours & par-tout ! s'écria-t-elle : ou bien il eût fallu ne te voir jamais.

Ma main qui, tout-à-l'heure me cachoit ses yeux, maintenant étoit pressée sur son cœur : son cœur ému palpitoit, ses longues paupieres se remplissoient de larmes, & sa bouche charmante, approchée de la mienne, demandoit un baiser : elle en reçut mille ! un feu dévorant me brûloit, je crus qu'il étoit partagé, je voulus l'éteindre, mais mon amante plus heureuse, plongée dans l'ivresse d'un tendre épanchement goûtoit les inexprimables douceurs des plaisirs qui viennent de l'ame : elle refusa des jouissances moins ravissantes, quoique délicieuses.

Ne plus te voir ? reprit-elle, ce seroit ne plus exister, & je n'existe que depuis quelques jours.... Une imprudence ! ajouta-t-elle bientôt, en promenant sur tous les objets qui nous environnoient, ses regards étonnés : ah, n'en ai-je fait qu'une ? Ah, combien j'en dois risquer encore, si j'en juge par celles qu'en si peu de tems tu m'as obligée de commettre ! — Chere maman, je me permets une question peut-être bien indiscrete ; mais vous excitez ma vive curiosité.

Chez qui ſommes-nous donc ici ? Cette queſtion tira la Marquiſe de l'extaſe où elle étoit : chez qui nous ſommes ? ..... chez..... chez une de mes amies. — Cette amie là aime... — Mme. de B*** tout-à-fait remiſe, ſe hâta de m'interrompre : oui Faublas, elle aime, vous avez dit le mot, elle aime !.... c'eſt l'amour qui a fait ce lieu charmant, c'eſt pour ſon amant.... — Et pour le vôtre, ma petite maman. — Oui, mon bon ami, elle a bien voulu me prêter ce boudoir, pour ce ſoir. — Cette porte par laquelle vous êtes entrée ? — Donne dans ſes appartemens. — Maman, encore une queſtion. — Voyons. — Comment vous portez-vous? ( elle me regarda d'un air étonné, & riant. ) Oui, continuai-je, plaiſanterie à part, vous étiez malade avant-hier... M. de Roſambert.... — Ne me parlez pas de lui. M. de Roſambert eſt un indigne homme, capable de me faire à moi mille noirceurs, & à vous mille mensonges. Qu'il vous trouve disposé à le croire, il vous affirmera confidemment qu'il a eu tout l'univers. Encore, s'il n'étoit pas fat, on pourroit le lui pardonner ; mais ses odieux procédés pour moi, quand même je les aurois mérités, seroient toujours inexcusables. — Il est vrai qu'il nous a bien tourmentés avant-hier. — Je n'ai pas fermé l'œil de la nuit ! laissons cela cependant..... Quand je te vois, mon bon ami, je ne songe plus à ce que j'ai souffert pour toi.. Qu'il est bien dans ses habits d'hommes !.... qu'il est joli !.... qu'il est charmant ! mais, quel dommage, ajouta-t-elle en se levant d'un air léger, il faut quitter tout cela. Allons, Monsieur de Faublas, faites place à Mademoiselle Duportail. A ces mots, elle défit d'un coup de main, tous les boutons de ma veste. Je me vengeai ſur un fichu perfide, que j'avois déjà beaucoup dérangé, & que j'enlevai tout-à-fait. Elle continua l'attaque, je me plaiſois à la vengeance ; nous ôtions tout, ſans rien rétablir. Je montrai à la Marquiſe demi-nue, l'alcove fortunée ; & cette fois elle s'y laiſſa conduire.

On grattoit doucement à la porte, c'étoit Juſtine. Il faut lui rendre juſtice, pour cette fois elle avoit fait promptement ſa commiſſion. Quoique peu décemment vêtu, j'allois, ſans y ſonger, ouvrir à la femme-de-chambre : la Marquiſe tira un cordon ; des rideaux ſe fermerent ſur nous, la porte s'ouvrit. —— Madame, voici tout ce qu'il faut ; vous aiderai-je à l'habiller ? —— Non, Juſtine, je m'en charge, mais tu la coëfferas, je te ſonnerai. Juſtine ſortit ; nous nous amuſâmes quelque tems encore à

contempler

contempler les tableaux rians & multipliés, que nous offroient les glaces dont nous étions environnés. Allons, me dit la Marquise, en m'embrassant, il faut que j'habille ma fille. Je voulus marquer l'instant de la retraite, par une derniere victoire. Non, mon bon ami, ajouta-t-elle, il ne faut abuser de rien.

Ma toilette commença ; tandis que la Marquise s'en occupoit sérieusement, je m'amusois à toute autre chose. Voyez s'il finira, disoit ma belle Maîtresse : allons, songez qu'il faut être sage, vous voilà Demoiselle. J'étois affublée d'un jupon & d'un corset. Ma petite maman, il faut d'abord que Justine me coëffe, ensuite elle finira de m'habiller. ( J'allois sonner. ) — Qu'il est étourdi ! ne voyez-vous pas dans quel état vous m'avez mise ; ne faut-il pas que je m'habille aussi ? J'offris mes ſervices à la Marquiſe ; je faiſois tout de travers : petite maman, il faut plus de tems pour réparer, que pour détruire. — Oh, oui, je le vois bien ! quelle femme-de-chambre j'ai là ! elle eſt encore plus curieuſe que mal-adroite.

Enfin nous ſonnâmes Juſtine. Petite, il faut coëffer cette enfant. — Oui, Madame ; mais ne faudra-t-il pas que j'arrange vos cheveux auſſi ? — Pourquoi donc ? ſuis-je décoëffée ! — Madame, il me ſemble que oui. La Marquiſe ouvrit une armoire, on y fourra mes habits d'homme ; demain matin, me dit-on, un commiſſionnaire diſcret vous reportera tout cela chez vous. Dans une autre armoire plus profonde, ſe trouvoit une table de toilette, qu'on roula juſqu'à moi ; & voilà Juſtine exerçant ſes petits doigts légers.

. . . . . .

La Marquiſe en ſe plaçant auprès de moi, me dit : Mademoiſelle Duportail, permettez-moi de vous faire ma cour. Oui, oui, interrompit Juſtine, en attendant que M. de Faublas vous faſſe encore la ſienne. Que dit donc cette écervelée ? répondit la Marquiſe. — Elle dit que je vous aime bien. — Dit-elle vrai, Faublas ? — En doutez-vous, maman ? & je lui baiſai la main. Cela déplut à Juſtine, apparemment : diables de cheveux ! dit-elle, en donnant un coup de peigne vigoureux, comme ils ſont mêlés ! — Hai !... Juſtine, tu me fais mal ! — Ne faites pas attention, Monſieur, ſongez à votre affaire, Madame vous parle. — Petite, je ne dis mot, je regarde Mademoiſelle Duportail. Tu la fais bien jolie ? — C'eſt pour qu'elle plaiſe davantage à Madame. — Petite, je crois qu'au fond cela t'amuſe, Mademoiselle Duportail ne te déplaît pas ? — Madame, j'aime encore mieux Monsieur de Faublas. — Elle est de bonne foi, au moins. — De très-bonne foi, Madame : demandez plutôt à lui-même. — Moi ! Justine, je n'en sais rien. — Vous mentez ; Monsieur. — Comment ! je mens ! — Oui, Monsieur, vous savez bien que quand il faut faire quelque chose pour vous, je suis toujours prête.... Madame m'envoie chez vous, zeste, je pars ! Oui, interrompit la Marquise, mais tu ne reviens pas. — Madame, aujourd'hui ce n'est pas ma faute, il m'a fait attendre. ( Ici Justine me chatouilla doucement le col, en tournant une boucle ) — C'est qu'il n'est pas pressé, quand il faut venir me voir ! — Ah, petite maman, je ne suis heureux qu'auprès de vous. J'embrassai la Marquise qui faisoit mine de s'en défendre. Justine trouva le badinage trop long, elle me pinça rudement : la douleur m'arracha un cri. Prenez donc garde à ce que vous faites, dit la Marquiſe à Juſtine, avec un peu d'humeur. — Mais, Madame, auſſi, il ne peut pas ſe tenir un moment tranquille !

Il y eut quelques inſtans de ſilence. Ma belle Maîtreſſe avoit une de mes mains dans les ſiennes ; l'eſpiégle ſoubrette occupa l'autre, en me faiſant tenir un bout du ruban qui devoit nouer mes cheveux : & ſaiſiſſant le moment, elle m'appliqua un peu de pommade ſur la figure. Juſtine ! lui dis-je. Petite ! dit la Marquiſe. — Madame, je n'emploie qu'une main, que ne ſe défend-il avec l'autre ? & puis feignant que la houpe lui étoit échappée, elle me jetta de la poudre ſur les yeux. — Petite ! vous êtes bien folle !.... je ne vous enverrai plus chez lui ! — Bon ! Madame, eſt-ce qu'il eſt dangereux ?

je n'ai pas peur de lui. — Mais Juſtine, c'eſt que tu ne ſais pas comment il eſt vif ! — Oh, que ſi ! Madame — Tu le ſais petite. — Oui, Madame. — Vous le ſavez, Juſtine ? — Oui, Madame, Madame ſe ſouvient du ſoir qu'elle a couché chez nous ? cette belle Demoiſelle ! — Hé bien ? — J'ai offert de la déshabiller, Madame n'a pas voulu. — Sans doute, elle avoit un air ſi modeſte ! ſi timide ! qui n'en auroit été la dupe ? je ne ſais pas comment j'ai pu lui pardonner. — C'eſt que Madame eſt ſi bonne !.... Madame, je diſois donc que vous n'aviez pas voulu. Mademoiſelle Duportail ſe déshabilloit derriere les rideaux ; je paſſai par haſard près d'elle, au moment où ayant ôté ſon dernier jupon, elle s'élançoit dans le lit. — Enfin ? — Enfin, Madame, cette drôle de Demoiſelle ſauta ſi vîte, ſi ſinguliérement, que.... Hé bien, acheve donc, dis-je à Juſtine. — Ah !

mais je n'ose. Finis donc, dit la Marquise, en se cachant le visage avec son éventail. — Elle sauta si singuliérement & avec si peu de précaution, que je m'apperçus... Quoi! Justine, interrompit la Marquise d'un ton presque sérieux, vous apperçûtes?... — Que c'étoit un jeune homme, oui, Madame. — Comment! & vous ne m'avez pas avertie! — Bon! Madame, le pouvois-je? vos femmes dans votre appartement! le Marquis prêt d'y entrer! cela auroit fait un beau vacarme!.... & puis Madame le savoit peut-être. A ces derniers mots la Marquise pâlit. Vous me manquez, Mademoiselle; sachez que si je veux bien m'oublier, je ne veux pas qu'on s'oublie! Le ton dont ces paroles furent prononcées, fit trembler la pauvre Justine; elle s'excusa de son mieux. Madame, je plaisantois. — Je le crois, Mademoiselle; si je penfois que vous eussiez parlé sérieusement, je vous chasserois dès ce soir. Justine, se mit à pleurer. Je tâchai d'appaiser la Marquise. Convenez, me dit celle-ci, qu'elle m'a dit une impertinence !... comment ! oser supposer, oser me dire en face & devant vous, que je savois... ( elle rougit beaucoup, me prit la main, & me la serra doucement. ) Mon cher Faublas, mon bon ami, vous savez comme tout cela s'est passé, vous savez si ma foiblesse est excusable ! votre déguisement trompe tout le monde, je vois au bal une jeune Demoiselle jolie, pleine d'esprit, pour qui je me sens beaucoup d'inclination ; elle soupe chez moi, elle y couche, tout le monde se retire.... L'aimable Demoiselle est dans mon lit, à côté de moi.... Il se trouve que c'est un charmant jeune homme !.... jusqu'ici le hasard, ou plutôt l'amour, a tout fait. Après cela j'ai ſans doute été bien foible ; mais quelle femme à ma place auroit réſiſté ! Le lendemain je m'applaudis du haſard qui a fait mon bonheur & qui l'aſſure. Faublas, vous connoiſſez le Marquis, on m'a marié malgré moi, on m'a ſacrifiée ; quelle femme excuſera-t-on, ſi l'on me juge à la rigueur ? ( je vis la Marquiſe prête à pleurer, j'eſſayai de la conſoler par le baiſer le plus tendre ; je voulus parler. ) Un moment, me dit-elle, un moment, mon ami ; le lendemain je confie à Mademoiſelle mon étonnante aventure, je lui dis tout, tout ! Faublas.... elle a le ſecret de ma vie, mon ſecret le plus cher ! elle paroît me plaindre, m'aimer ; point du tout, elle abuſe de ma confiance, elle ſuppoſe une horreur, elle me dit en face....

Juſtine fondoit en larmes, elle tomba aux genoux de ſa maîtreſſe, elle lui demande vingt fois pardon. Je joignis mes inſtances aux ſiennes ; car j'étois vivement ému. La Marquiſe fut attendrie : allez, dit-elle, allez, je vous pardonne, Juſtine, oui, je vous pardonne. Juſtine baiſa la main de ſa Maîtreſſe, & s'excuſa de nouveau. C'eſt aſſez, lui répondit-on, c'eſt aſſez, je ſuis calmée, je ſuis contente, relevez-vous, Juſtine, & n'oubliez jamais, que ſi votre Maîtreſſe a des foibleſſes, il ne faut pas lui ſuppoſer des vices ; que loin de chercher à la trouver plus coupable, vous devez l'excuſer ou la plaindre ; & qu'enfin vous ne pouvez ſans vous rendre indigne de ſes bontés lui manquer de fidélité & de reſpect. Allons, petite, ajouta-t-elle avec beaucoup de douceur, ne pleure plus, releve toi, je te dis que je te pardonne ; finis cette coëffure, & qu'il ne ſoit plus queſtion de cela.

Juſtine reprit ſon ouvrage, en me lorgnant d'un air confus. La Marquiſe me regardoit languiſſamment; nous gardions tous trois le ſilence : ma toilette n'en alla que plus vîte; j'eus deux femmes-de-chambre au lieu d'une. Il étoit neuf heures, il fallut ſe ſéparer, nous nous donnâmes le baiſer d'adieu. Allez, friponne, me dit la Marquiſe, & ménagez mon mari; demain je vous donnerai de mes nouvelles. Je deſcendis, un fiacre étoit à la porte; comme j'y montois, deux jeunes gens paſſerent; ils me regarderent de très-près, & ſe permirent quelques plaiſanteries, plus groſſieres que galantes. J'en fus ſurpris; la maiſon d'où je ſortois, pouvoit-elle être ſuſpecte? c'étoit celle d'une amie de la Marquiſe. Ma miſe n'étois pas non plus celle d'une fille! Pourquoi donc ces Meſſieurs s'égayoient-ils ſur mon compte? c'eſt qu'apparemment il leur avoit paru étrange de voir une femme bien parée & ſans domeſtiques, monter ſeule dans un fiacre, à neuf heures du ſoir.

A meſure que mon phaëton avançoit, mes réflexions prirent un autre cours & changerent d'objet. J'étois ſeul, je penſai à ma Sophie. Je ne lui avois fait dans la matinée qu'une courte viſite ; dans la ſoirée, je ne donnois qu'un moment à ſon ſouvenir ; mais ſi le Lecteur veut m'excuſer, qu'il ſonge aux doux plaiſirs que vient de m'offrir une femme charmante, voluptueuſe & belle ; qu'il ſache que Juſtine a la plus jolie petite figure chiffonnée ; qu'il ſe ſouvienne ſur-tout, que Faublas commence ſon noviciat, & n'a gueres que ſeize ans !

J'arrivai chez Monſieur Duportail. Le Marquis, en me faiſant de profondes révérences, commença par me demander ſi j'avois vu ſa femme. Répondre non, c'étoit bien mentir, il fallut m'y déterminer pourtant. Non, Monſieur le Marquis. — Je le ſavois bien ! j'en étois ſûr ! M. Duportail l'interrompit : Ma fille, vous vous êtes fait long-tems attendre ; nous allons nous mettre à table. — Sans mon frere ? — Il m'a fait dire qu'il ſoupoit en ville — Comment ! la veille de mon départ ! — Belle Demoiſelle, vous ne m'aviez pas dit que vous aviez un frere. — Monſieur, je crois l'avoir dit à Madame la Marquiſe. — Elle ne m'en a pas parlé. — Bon ! — Je vous donne ma parole d'honneur, qu'elle ne m'en a pas parlé ! — Monſieur, je vous crois. — Ah, c'eſt que cela tire à conſéquence ! Monſieur votre pere croiroit que je fais le connoiſſeur, & que je ne le ſuis pas. — Comment donc ? — Comment ! Mademoiſelle, vous ne croiriez jamais ce qui m'eſt arrivé !

en entrant ici, j'ai reconnu Monfieur votre frere que je n'avois jamais vu ! ——Oh ! bah !——Demandez à Monfieur votre pere.— A la bonne heure, Monfieur, vous l'avez reconnu ; mais Madame la Marquife... ——Ne m'en a pas parlé, je vous le jure.— Bon !— Je vous en donne ma parole d'honneur.— C'eft donc M. de Rofambert ? -- Il ne m'en a pas parlé non plus. -- Je crois pourtant l'avoir entendu vous dire à-peu-près...-- Pas un mot qui reffemble à cela, je vous le protefte ! Et le Marquis fe fâchoit prefque. -- C'eft donc moi qui me fuis trompé ! En ce cas, Monfieur, il faut que vous foyez grand phyfionomifte. -- Oh, ça, c'eft vrai, répondit il avec une joie extrême, perfonne ne fe connoît en phyfionomie comme moi.

Monfieur Duportail s'amufoit de la converfation, & de peur qu'elle ne finît trop tôt : il faut convenir auſſi, dit-il au Marquis, qu'il y a un air de famille. J'en conviens, répliqua celui-ci, j'en conviens ; mais c'eſt juſtement cet air de famille qu'il faut ſaiſir, qu'il faut diſtinguer dans les traits ; c'eſt là ce qui conſtitue les vrais connoiſſeurs ! entre pere, mere, freres & ſœurs, il y a toujours un air de famille. Toujours, m'écriai-je, toujours ! vous croyez, Monſieur ? -- Si je le crois, mais j'en ſuis ſûr. Quelquefois cet air là eſt enveloppé dans le maintien, dans les manieres, dans les regards... enveloppé, vous dis-je, enveloppé de ſorte qu'il n'eſt pas aiſé de l'appercevoir. Hé bien, un homme habile le cherche, ... le débrouille..... vous concevez ? -- De ſorte que, ſi après m'avoir vue, mais avant d'avoir vu mon pere, mon pere que voici, vous l'aviez par haſard rencontré au milieu de vingt perſonnes ?..

-- Lui ! dans mille ! je l'aurois reconnu?

M. Duportail & moi, nous nous mîmes à rire. Le Marquis se leva, quitta la table, alla à M. Duportail, lui prit la tête d'une main, & promenant un doigt sur le visage de mon prétendu pere : ne riez donc pas, Monsieur, ne riez donc pas. Tenez, Mademoiselle, voyez-vous ce trait-là, qui prend ici, qui passe par-là, qui revient ensuite... revient-il ?... Non, il ne revient pas, il reste là. Hé bien, tenez : ( il venoit à moi. ) -- Monsieur, je ne veux pas qu'on me touche. ( Il s'arrêta, & promena son doigt, mais sans le poser sur mon visage. ) -- Hé bien, Mademoiselle, ce même trait, le voilà, là, ici, & encore là... là ; voyez-vous ? -- Hé ! Monsieur, comment voulez-vous que je voie ? -- Vous riez ! ... Il ne faut pas rire, cela est sérieux...... Vous voyez bien, vous, Monsieur ? -- Très-bien. — Outre cela, Monſieur, il y a dans l'enſemble.... dans la configuration du corps, certaines nuances... de reſſemblance.... certains rapports ſecrets.... occultes.... Occultes! répétai-je, occultes! — Oui, oui, occultes. Vous ne ſavez peut-être pas ce que c'eſt qu'occultes? Cela n'eſt pas étonnant, une Demoiſelle!... Je diſois donc, Monſieur, qu'il y a des reſſemblances occultes... Non, ce n'eſt pas reſſemblances que j'avois dit, c'eſt un autre mot.... plus.... là..... mieux.... ah! dame, je ne ſais plus où j'en étois, on m'a interrompu. — Monſieur, vous aviez dit : des rapports occultes. — Ah oui, des rapports! des rapports! & je vais vous faire concevoir cela à vous, Monſieur, qui êtes raiſonnable. — Comment! Monſieur le Marquis, vous m'injuriez, je crois! — Non, ma belle Demoiſelle, vous ne pouvez pas ſavoir tout ce que Monſieur votre pere fait. — Ah ! dans ce ſens-là... — Oui dans ce ſens-là, ma belle Demoiſelle ; mais de grace, laiſſez-moi expliquer à Monſieur... Monſieur, les peres & les meres dans la... procréation des individus, font des êtres qui reſſemblent,... qui ont des rapports occultes avec les êtres qui les ont procréés, parce que la mere de ſon côté, & le pere du ſien... Chut ! chut ! je vous entends, interrompit M. Duportail. Oh, elle ne comprend pas cela, répondit le Marquis, elle eſt trop jeune... Cela eſt pourtant clair, ce que je vous explique ; mais cela eſt clair pour vous. Ces choſes-là, Monſieur, ſont phyſiques, elles ont été phyſiquement prouvées pas des.... par de grands phyſiciens, qui entendoient très-bien ces parties-là.

Monſieur le Marquis, pourquoi donc

parler bas ? --- J'ai fini, Mademoiſelle, j'ai fini ; M. votre pere eſt au fait. --- Vous vous connoiſſez en phyſionomie, Monſieur le Marquis ; mais vous connoiſſez-vous auſſi en étoffes ? Que dites-vous de cette robe-là ? --- Elle eſt très-jolie, très-jolie. Je crois que la Marquiſe en a une pareille. . . Oui, toute pareille. --- De la même étoffe ? de la même couleur ? — De la même étoffe, je ne ſais pas ; mais pour la couleur ; c'eſt abſolument la même : elle eſt très-jolie, elle vous va au mieux. Il partit de là pour me faire des compliments à ſa maniere ; tandis que M. Duportail, devinant à qui la robe appartenoit, me regardoit d'un air mécontent, & ſembloit me reprocher d'avoir ſi-tôt oublié la parole que je lui avois donnée.

Nous ſortions de table, quand mon véritable pere, M. de Faublas, qui m'avoit promis de me venir chercher, arriva. Son étonnement fut extrême, de retrouver chez Monſieur Duportail ſon fils encore traveſti, & le Marquis de B***. Encore ! dit-il, en me regardant d'un air ſévere ; & vous, Monſieur Duportail, vous avez la bonté... — Hé ! bon ſoir, mon ami, ne reconnoiſſez-vous pas M. le Marquis de B*** ? Il m'a fait l'honneur de venir me demander à ſouper, pour faire ſes adieux à ma fille, qui part demain. Qui part demain ? répliqua le Baron, en ſaluant froidement le Marquis. — Oui, mon ami, elle retourne à ſon couvent ; ne le ſavez-vous pas ? Hé ! non, dit le Baron, avec impatience ; hé ! non, je ne le ſais pas. — Hé bien, mon ami, je vous le dis, elle part. Oui, Monſieur, interrompit le Marquis, en s'adreſſant à mon pere, elle part ; j'en ai bien du chagrin, &

ma femme en ſera très-fâchée. Et moi, Monſieur, répondit le Baron, j'en ſuis bien aiſe ; il eſt tems que cela finiſſe, ajouta t-il, en me regardant. M. Duportail craignit qu'il ne s'emportât, il le tira à part. Qu'eſt-ce donc que cet homme là ? me dit alors le Marquis, ne l'ai-je pas vu ici l'autre jour ? — Juſtement. — Je l'ai reconnu tout d'un coup ; quand une fois j'ai vu une figure, elle eſt là. Mais cet homme là me déplait, il a toujours l'air fâché. Eſt-ce un de vos parens ? — Point du tout. Oh, je l'aurois gagé qu'il n'étoit point de la famille ! Il n'y a pas entre vos figures la moindre reſſemblance : la vôtre eſt toujours gaie, la ſienne eſt toujours ſombre, à moins qu'un ris platonique... Non ! ſartonique.... Eſt-ce ſartonique ou ſard. . Enfin vous comprenez : Je veux dire, que lorſqu'il ne vous regarde pas de travers cet homme-là, il vous rit au nez. --- Ne faites pas attention à cela, c'eſt un philoſophe. Un philoſophe ! reprit le Marquis d'un air effrayé, je ne m'étonne plus. Un philoſophe ! Ah, je m'en vais. Monſieur Duportail & le Baron s'entretenoient enſemble, & nous tournoient le dos. Le Marquis alla dire adieu à M. Duportail. Ne vous dérangez pas, dit-il au Baron, qui ſe retourna pour le ſaluer; Monſieur, ne vous dérangez pas, je n'aime pas les philoſophes, moi ! & je ſuis fort aiſe que vous ne ſoyez pas de la famille. Un philoſophe ! un philoſophe répéta-t-il en s'enfuyant.

Quand il fut parti, mon pere & Monſieur Duportail recommencerent à cauſer tout bas. Je m'endormis au coin du feu ; un ſonge heureux me préſenta l'image de ma Sophie. Faublas, cria le Baron, allons-nous-en ?

Voir ma jolie cousine, lui dis-je encore tout étourdi. — Sa jolie cousine ! voyez s'il ne dort pas tout debout. M. Duportail rioit, il me dit : allez-vous-en, mon ami, allez dormir chez vous, je crois que vous en avez besoin ; nous nous reverrons, je vous dois encore des reproches, & le récit de mes malheurs ; nous nous reverrons.

En rentrant je demandai M. Person ; il venoit de se coucher ; j'en fis autant & je fis bien ; jamais on ne dormit plus profondément aux harangues fraternelles de nos Francs-Maçons, aux lectures plubliques du Musée moderne ; aux rares plaidoyers des D***, des D*** ; des DL***, & de tant d'autres grands Orateurs inscrits sur le fameux tableau.

A mon réveil, je sonnai Jasmin, pour le prévenir qu'on me rapporteroit dans la matinée mes habits que j'avois laiſſés la veille chez un ami. Enſuite je fis appeller M. Perſon ; je lui demandai comment ſe portoient Adelaïde & Mademoiſelle de Pontis. Vous les avez vues hier, me répondit-il. — Et vous auſſi, M. Perſon, vous les avez vues, & même vous leur avez dit que j'avois fait une connoiſſance au bal. — Hé bien, Monſieur, quel mal ? — Et quelle néceſſité, Monſieur ? Dites à ma ſœur vos ſecrets, à la bonne heure ; mais les miens, je vous prie de les reſpecter. — En vérité, Monſieur, vous le prenez ſur un ton.... depuis quelques jours on ne vous reconnoît plus.... Je me plaindrai à Monſieur votre pere. — Et moi ! Monſieur, à ma ſœur. ( Je le vis pâlir. ) Croyez-moi, ſoyons bons amis, mon pere deſire que je ſorte avec vous ; hé bien ! finiſſez votre toilette, & allons au couvent.

Nous

Nous partions, quand Rosambert arriva ; dès qu'il sut où nous allions, il me pria de lui permettre de nous accompagner. Depuis quatre mois, me dit-il, vous m'avez promis de me faire connoître votre aimable sœur. Rosambert, je vais vous tenir parole, & vous allez voir une Demoiselle que vous serez forcé d'estimer. — Mon ami, distinguons ; je suis très-convaincu que Mademoiselle de Faublas est dans le cas de l'exception ; mais je retorquerai sur vous le terrible argument dont vous vous êtes armé contre moi : une exception ne détruit pas la regle, elle la prouve. — Tout comme il vous plaira ; je vous préviens que vous allez voir une Demoiselle de quatorze ans & demi, innocente, ingénue jusqu'à la simplicité ; cependant elle est aussi grande qu'on peut l'être à son âge, & elle ne manque ni d'esprit, ni d'éducation.

Perſon fut plus heureux que moi ; ma ſœur vint au parloir, ma Sophie n'y vint pas. Après les révérences & les complimens d'uſage, après quelques minutes d'une converſation générale, je ne pus diſſimuler mon inquiétude : Adelaïde, dites-moi donc ce qu'a ma jolie couſine ? Oh, mon frere, il faut que ſon mal ſoit bien amer, car elle le cache, & elle s'en occupe toute la journée. Je ne reconnois plus ma bonne amie ; autrefois elle étoit étourdie, gaie, folle comme moi ; maintenant je la vois triſte, rêveuſe, inquiete. Nous la trouvons toujours preſque auſſi douce, auſſi careſſante ; mais elle eſt rarement avec nous. Dans nos heures de recréation, elle jouoit elle couroit au jardin avec nos compagnes ; à préſent, mon frere, elle cherche un petit coin pour s'y promener toute ſeule. Oh, elle eſt malade !

elle eſt vraiment malade ! elle mange peu, elle ne dort pas, elle ne rit plus ; & moi, mon frere, & moi qu'elle aimoit tant, elle a l'air de me craindre ! oui, en vérité, je l'ai remarqué, elle fuit tout le monde ; mais c'eſt moi ſur-tout qu'elle évite ! hier je la vois entrer dans une petite allée couverte au bout du jardin ; j'arrive à pas de loup, je la trouve s'eſſuyant les yeux, ma bonne amie, dis-moi donc où tu as mal ?... elle me regarde d'un air... d'un air... mais c'eſt que je n'ai vu perſonne avoir cet air-là.... Enfin elle me répond : *Adelaïde, tu ne le devines pas ! Ah, que tu es heureuſe ! mais que je ſuis à plaindre !* & puis elle rougit, elle ſoupire, elle pleure. Je tâche de la conſoler ; plus je lui parle, plus elle ſe chagrine. Je l'embraſſe, elle me fixe long-tems, & paroît tranquille ;

tout d'un coup elle met ſa main ſur mes yeux, & elle me dit : *Adelaïde : cache ton viſage ! Oh, cache-le ! il eſt trop... il me fait mal ! laiſſe-moi, va-t-en un moment, laiſſe-moi ſeule,* & elle ſe remet à pleurer. Moi qui vois que ſon mal augmente, je lui dis : Sophie....

A ce nom de Sophie, Roſambert ſe pencha à mon oreille : la jolie couſine, c'eſt Sophie, c'eſt cette Sophie que j'ai blaſphémée ! Ah pardon. Ma ſœur reprit :

Je lui dis, Sophie, attends un moment, je vais chercher ta gouvernante... Alors elle ſe remet, elle s'eſſuie les yeux, elle me prie de ne rien dire : je ſuis obligée de le lui promettre ; mais au fond cela n'eſt pas raiſonnable. Vouloir être malade, & ne pas vouloir que ſa gouvernante le ſache. — Ma chere Adelaide, pourquoi n'eſt-elle pas venue au parloir avec vous aujourd'hui ? — C'eſt qu'elle eſt ſi diſtraite ! ſi préoccupée ! elle vous aimoit preſqu'autant que moi, autrefois... — Et maintenant ? — Je crois qu'elle ne vous aime plus. Tout-à-l'heure je lui ai dit que vous étiez-là..... *Le jeune couſin* ! s'eſt-elle écriée d'un air content ; elle venoit, elle s'eſt arrêtée : *Non, je n'irai pas*, m'a-t-elle dit, *je ne veux pas, je ne peux pas.... dites-lui de ma part que...* elle paroiſſoit chercher, j'attendois qu'elle s'expliquât : *Mon dieu, ne ſavez-vous pas ce qu'il faut lui dire ?* a-t-elle ajouté avec un peu d'humeur..... *Ce qu'on dit en pareil cas : les complimens d'uſage* ! & elle m'a quittée aſſez bruſquement.

Je m'enivrois du plaiſir d'entendre ma ſœur ingénue, me peindre avec l'innocence d'un enfant, les tendres agitations, les douces peines de Sophie. Rosambert encore plus étonné que je n'étois ravi, prêtoit une oreille attentive ; & le petit Monsieur Person nous regardant tous trois, paroissoit en même tems inquiet & charmé.

Adelaïde, vous croyez donc que Sophie ne m'aime plus ? — Mon frere, j'en suis presque sûre, tout ce qui se rapporte à vous, lui donne de l'humeur, & moi j'en suis quelquefois la victime. — Comment ! — Oui, l'autre jour, Monsieur que voilà, ( montrant M. Person ) nous apprit que vous aviez passé la nuit toute entiere chez Madame la Marquise de B*** ; hé bien, quand Monsieur fut parti, dès que nous fûmes seules, Sophie me dit d'un ton très-sérieux : *Votre frere n'a pas couché à l'hôtel ! il n'est pas rangé, votre frere ! cela n'est pas bien*..., Votre frere ! elle me tutoie ordinairement.

Votre frere !.... quand même vous ſeriez dérangé, Faublas, doit-elle ſe fâcher contre moi ? votre frere !.... Le jour d'après, je crois, vous avez été au bal maſqué. Monſieur Perſon nous l'eſt venu dire ; car il nous dit tout, Monſieur Perſon. Dès que nous avons été ſeules, Sophie m'a dit : *Votre frere s'amuſe au bal, & nous nous ennuyons ici !* Point du tout, je lui ai répondu, on ne s'ennuie point avec ſa bonne amie.... *Ah, oui*, a-t-elle répliqué, *ah, oui, avec ſa bonne amie, cela eſt vrai.* Cependant, mon frere, voyez cette ſingularité ; un moment après elle a repété triſtement : *il s'amuſe au bal, & nous nous ennuyons ici* !..... Nous nous ennuyons ici ! mais, quand cela feroit vrai, cela n'eſt pas poli, elle ne doit pas le dire !.... Oh, ſi elle n'étoit pas malade, je lui en voudrois beaucoup. Je me rappelle encore un trait : hier , vous nous avez dit que Madame de B*** étoit jolie. Le soir j'ai poursuivi Sophie, & je l'ai forcée de se promener avec moi. *Votre frere*, m'a-t-elle dit, car à présent c'est toujours votre frere... *il trouve cette Marquise jolie , il est sans doute amoureux d'elle ?* J'ai répondu : ma bonne amie , cela ne se peut pas , cette Madame de B*** est mariée. Elle m'a prit la main , & elle m'a dit : *Adelaïde , ah , que tu es heureuse !* & il y avoit dans son regard, dans son sourire , du dédain , de la pitié. Est-ce honnête , cela !.... Ah , que tu es heureuse !.... Hé ! mais sûrement , je suis heureuse , je me porte bien , moi !

Mais , Adelaïde , tout ce que vous me dites-là , ne prouve pas que ma jolie cousine ne m'aime plus , elle peut être un peu fâchée ; mais tous les jours on boude les gens qu'on aime. — Oh !

ſans doute, s'il n'y avoit que cela ! — Et qu'y a-t-il donc encore ? — Hé bien, autrefois elle m'entretenoit ſans ceſſe de vous, elle étoit joyeuſe de vous voir ; à préſent elle me parle encore de mon frere, mais c'eſt ſi rarement ! & d'un ton toujours ſi ſérieux ! hier ne l'avez-vous pas remarqué ? Elle n'a pas dit un mot, pas un ſeul mot, pendant que vous étiez là. Allez, allez, mon frere, quand on aime les gens on leur parle ! je vous aſſure que ma bonne amie ne vous aime plus.

Ici Roſambert ſe mêla de la converſation, qui changea d'objet. On parla danſe, muſique, hiſtoire & géographie. Ma ſœur, qui venoit de cauſer comme une fille de dix ans, raiſonna alors comme une femme de vingt. Le Comte, à chaque inſtant plus ſurpris, ſembloit ne pas s'appercevoir que les heures s'écouloient ; quoique M. Person eût prit la peine de l'en avertir plusieurs fois. Enfin, le son d'une cloche qui appelloit les pensionnaires au réfectoire, nous obligea de nous retirer.

Je vous avoue, me dit le Comte, que j'ai peine à croire ce que j'ai vu. Comment peut-on allier l'ignorance & le savoir, la modestie & la beauté, l'ingénuité de l'enfance & la raison de l'âge mûr ; enfin, permettez-moi de le dire, une innocence aussi extrême, avec un physique aussi précoce. Je croyois cette réunion impossible, mon ami, votre sœur est le chef-d'œuvre de la nature & de l'éducation. —Rosambert, ce chef-d'œuvre est le fruit de quatorze ans de soin & de bonheur ; il fut produit par le concours le plus rare des circonstances les plus heureuses. Le Baron de Faublas a d'abord reconnu que l'éducation d'une fille étoit, pour un militaire, un fardeau trop pesant : ma mere, que nos regrets honorent tous les jours, ma vertueuse mere s'est trouvée digne d'en être chargée. Le hasard aussi l'a bien secondé : il s'est rencontré pour sa fille des domestiques qui obéissoient & ne raisonnoient pas ; une gouvernante qui ne contoit pas d'histoires galantes, & ne lisoit pas de romans ; des maîtres qui ne s'occupoient avec leur éleve, que de sa leçon : une société de gens attentifs qui ne se permettoient jamais un geste suspect, un mot équivoque ; & ce qui n'est pas le moins essentiel & le plus commun, un directeur qui, dans son confessionnal, écoutoit & ne questionnoit pas. Enfin, mon ami, il n'y a pas six mois qu'Adelaïde est au couvent. — Six mois ! Ah, dans un espace de tems beaucoup plus court, combien de Demoiſelles qu'on dit bien élevées, acquierent là de grandes lumieres & reçoivent même certaines leçons qui avancent beaucoup une jeune fille ! — C'eſt ici, Roſambert, qu'il faut encore admirer le bonheur d'Adelaïde ! vive, folâtre, enjouée avec toutes ſes compagnes, elle n'en a diſtingué qu'une, une auſſi délicate, auſſi honnête, auſſi ſage qu'elle.... une ! un peu plus éclairée peut-être, parce que depuis quelque tems l'amour... Je vous entends, c'eſt la jolie couſine, — Oui, mon amie. Sophie, non moins vertueuſe qu'Adelaïde, quoique ſenſible un peu plutôt, Sophie eſt devenue l'unique amie de ma ſœur. Ces deux cœurs ſi purs, ſe ſont pour ainſi dire ſentis attirés, confondus. Adelaïde, privée de ſa mere, n'a plus penſé, n'a plus vécu que par Sophie: leur

leur amitié aussi délicate que vive, les a sauvées des dangers dont vous me parlez, & auxquels je conçois que doivent être exposées dans l'enceinte où elles se trouvent rassemblées, pressées pour ainsi dire, tant de jeunes filles ardentes, inquietes, curieuses, que le tems, l'heure, les lieux invitent continuellement à des liaisons, qui devenant très-intimes, peuvent bien n'être pas toujours désintéressées. Depuis quelque tems, j'ai troublé l'union des deux amies; il m'est permis de croire que je suis devenu l'heureux objet des plus cheres affections de ma jolie cousine. Adelaïde, à qui l'amour (je regardois M. Persan) n'a pas encore montré son vainqueur, a porté sur Sophie sa sensibilité toute entiere, & l'amertume de ses plaintes, nous a prouvé l'excès de son amitié....— Et vous a assuré en même tems de votre bonheur. En vérité, Faublas, je vous félicite si Sophie est aussi aimable, aussi belle qu'Adelaïde. — Plus belle, mon ami, plus belle encore ! — Cela me paroît difficile. — Oh, plus belle !.... vous la verrez ; plus belle ! imaginez..... — Chut ! chut ! doucement, comme il s'échauffe !.... dites-moi donc, l'homme à sentimens ! puisque vous aviez une si charmante maîtresse, pourquoi m'avez-vous soufflé la mienne ? puisque M. de Faublas aimoit tant le parloir, pourquoi Mademoiselle Duportail a-t-elle couché chez la Marquise ? Comment donc arrangez-vous tout cela ? — Mais, Rosambert, cela n'est pas difficile .... — Ni désagréable, je le conçois. — Vous riez ! écoutez donc, mon ami. Vous savez comment les choses se sont passées entre la marquise & moi. — Oui, oui, à peu-près. — Mais, rieur éternel, écoutez-moi. Elevé à-peu-près comme ma sœur, je n'étois gueres moins ignorant qu'elle, il y a huit jours. Je n'ai pas pris Madame de B***, c'est elle qui s'est donnée... Je suis excusable. — Allons, passe pour le bal paré ; mais au moins vous étiez le maître de ne pas retourner chez elle. Le bal masqué ! Hem, qu'en dites-vous ? — Je dis qu'on m'y avoit attiré.... Je n'ai gueres que seize ans, moi ! mes sens sont neufs. — Ah, Sophie, pauvre Sophie ! — Ne la plaignez pas, je l'adore !... Mais Rosambert, je sais bien qu'il n'y a que des nœuds légitimes qui puissent m'assurer sa possession. — Cela doit être, au moins. — Hé bien, en attendant que l'hymen nous unisse, je respecterai toujours ma Sophie..... — C'est ce que l'on saura par la suite :

—Cependant mon célibat me paroîtra dur. — Je le crois ! — Ma vivacité m'emportera quelquefois. — Sans doute. — Je ferai peut-être quelque infidélité à ma jolie cousine... — Cela est plus que probable. — Mais dès qu'un heureux mariage... — Ah, oui ! — Alors, ma Sophie, je n'aimerai que toi.... — Cela n'est pas si sûr. — Je t'aimerai toute ma vie. — Celui-là me paroît fort.

Rosambert me quitta. Jasmin à qui je demandai en rentrant, si l'on avoit rapporté mes habits, me dit qu'il n'avoit vu personne; j'attendis jusqu'au soir le commissionnaire qui ne vint pas. J'étois inquiet, parce que j'avois laissé dans mes poches un porte-feuille qui contenoit deux lettres ; l'une m'avoit été envoyée de province par un vieux domestique de mon pere ; le bonhomme me souhaitoit une bonne année. J'aurois été faché de perdre l'autre ; c'étoit celle que la Marquiſe m'avoit écrite quelques jours auparavant ; elle étoit, comme on ſait, adreſſée à Mademoiſelle Duportail, & je voulois la conſerver.

Les habits me furent rapportés le lendemain matin ; mais je cherchai vainement dans les poches, le porte-feuille ne s'y trouvoit plus. Madame Dutour vint me faire oublier mon inquiétude, en me remettant une lettre de la Marquiſe. J'ouvris avec empreſſement, je lus :

« Ce ſoir, mon bon ami, à ſept » heures préciſes trouvez-vous à la » porte de mon hôtel ; vous pourrez » ſuivre avec aſſurance la perſonne, » qui, après avoir ſoulevé le chapeau » dont vous vous ſerez couvert les » yeux, vous nommera, l'Adonis. Je » ne puis vous en écrire davantage,

» depuis le matin je ſuis obſédée ; on » me fatigue des détails de la ſcience » phyſionomique ; ce n'eſt pas celle-» là que je me ſoucie d'approfondir. » O mon ami, vous poſſédez ſi bien » l'art de plaire, que quand on vous » connoît, on ne ſait plus qu'aimer, » on ne veut plus ſavoir que cela ».

Cette lettre étoit ſi flatteuſe, l'invitation qu'elle contenoit étoit ſi ſéduiſante que je ne balançai pas. J'aſſurai la Dutour que je ne manquerois pas de me rendre au lieu indiqué. Cependant, quand la meſſagere fut partie, je ſentis quelques irréſolutions. Ne devois-je pas déformais, uniquement occupé de Sophie, éviter toute occaſion de revoir ſa trop dangereuſe rivale ?... Mais pourquoi m'impoſerois-je cette loi cruelle, ſans néceſſité ? Avois-je déclaré mon amour à Sophie ? Sophie m'avoit-elle avoué le ſien ? avoit-elle acquis le droit d'exiger de moi ce ſacrifice ?... D'ailleurs, à le bien prendre, ce que j'allois faire ne pouvoit pas s'appeller une infidélité ! je ne m'embarquois pas dans une intrigue nouvelle ! puiſque j'avois paſſé la nuit avec la Marquiſe, puiſque je l'avois revue depuis dans ce galant boudoir, quel inconvénient de lui faire encore une viſite ? Cela ne faiſoit jamais que trois rendez-vous au lieu de deux ; le crime étoit-il dans le nombre ? & puis ma jolie couſine ne ſeroit pas inſtruite de celui-là.... Enfin, ma parole étoit engagée ! le Lecteur voit bien, que je ne pouvois me diſpenſer d'aller à ce rendez-vous.

Je ne me fis pas attendre ; Juſtine auſſi ne me laiſſa pas morſondre à la porte, elle ſouleva mon chapeau : Venez bel Adonis. Je la ſuivis à petits pas. Cependant le Suiſſe, quoiqu'à demi-ivre, entendit quelque bruit, & demanda qui s'étoit. C'eſt moi! c'eſt moi! répondit Juſtine. Oui, reprit l'autre, c'eſt vous! mais ce jeune gaillard?— Hé bien, c'eſt mon couſin. Le Suiſſe étoit en gaité, il ſe mit à frédonner: Voilà mon couſin l'allure, mon couſin, voilà mon couſin l'allure.

Cependant Juſtine me conduiſoit au fond de la cour; nous enfilâmes un eſcalier dérobé; on conçoit que la jolie ſoubrette fut embraſſée pluſieurs fois, avant que nous fuſſions au premier étage. Alors elle me fit ſigne d'être plus ſage, & m'ouvrit une petite porte; je me trouvai dans le boudoir de la Marquiſe. Entrez, me dit Juſtine, entrez dans la chambre à coucher, vous feriez mal ici; elle ſortit, & ferma la porte ſur elle.

J'entrai dans la chambre à coucher ma belle Maîtreſſe vint à moi. Ah, maman, c'eſt donc ici que pour la ſeconde fois..... Elle m'interrompit : mon dieu ! je crois entendre le Marquis ! le voilà revenu pour toute la ſoirée, ſauvez-vous, partez ! D'un ſaut je regagnai le boudoir ; mais je ne ſongeai pas à tirer ſur moi la porte de la chambre à coucher, elle reſta entr'ouverte ; & pour comble de malheur, cette étourdie de Juſtine avoit fermé à double tour l'autre porte, qui conduiſoit à l'eſcalier dérobé. La Marquiſe qui ne pouvoit deviner que la retraite me fût fermée, s'étoit aſſiſe tranquillement. Déjà le Marquis étoit entré dans ſon appartement, & s'y promenoit d'un air éffaré. Je tremblois qu'il ne m'apperçut dans le boudoir, il n'y avoit pas moyen d'en ſortir, comment faire ? Je me jettai ſous l'ottomane, & dans une ſituation très-incommode, j'entendis une converſation fort ſinguliere : qui eut un dénouement plus ſingulier encore.

Vous voilà de retour de bonne heure, Monſieur ? — Oui, Madame. — Je ne vous attendois pas ſi-tôt. — Cela ſe peut bien, Madame, — Vous paroiſſez agité, Monſieur, qu'avez-vous donc ? — Ce que j'ai, Madame, ce que j'ai !... j'ai que.... je ſuis furieux. — Modérez-vous, Monſieur.... peut-on ſavoir ?.... — J'ai que....... il n'y a plus de mœurs nulle part.... les femmes !... — Monſieur, la remarque eſt honnête, & l'application heureuſe ! — Madame, c'eſt que je n'aime pas qu'on me joue !.... & quand on me joue, je m'en apperçoit bien vîte ! — Comment ! Monſieur, des reproches ! des injures !.... cela s'adreſſeroit-il....

vous vous expliquerez, ſans doute ? — Oui, Madame, je m'expliquerai ; & vous allez être convaincue ! — Convaincue !.... de quoi ? Monſieur. — De quoi ! de quoi ! un moment donc, Madame, vous ne me laiſſez pas le temps de reſpirer !.... Madame, vous avez reçu chez vous, logé chez vous, couché avec vous Mademoiſelle Duportail ? (La Marquiſe avec fermeté.) Hé bien, Monſieur ? — Hé bien, Madame ſavez-vous ce que c'eſt que Mademoiſelle Duportail ? — Je le ſais...... comme vous, Monſieur. Elle m'a été préſentée par Monſieur de Roſambert ; ſon pere eſt un honnête Gentilhomme, chez qui vous avez ſoupé encore avant-hier. — Il ne s'agit pas de cela, Madame ? Savez-vous ce que c'eſt que Mademoiſelle Duportail ? — Je vous le répete, Monſieur, je ſais comme vous que Mademoiſelle Duportail eſt une fille bien née, bien élevée, fort aimable. — Il ne s'agit pas de cela, Madame. — Hé ! Monſieur, de quoi s'agit-il donc ? avez-vous juré de pouſſer ma patience à bout ? — Un moment donc, Madame ; Mademoiſelle Duportail n'eſt point une fille.... ( La Marquiſe très-vivement. ) N'eſt point une fille ! — N'eſt point une fille bien née, Madame, c'eſt une fille d'une eſpece.... de ces filles qui.... là...... vous m'entendez ? — Je vous aſſure que non, Monſieur. — Je m'explique pourtant bien ; c'eſt une fille qui.... dont.... que.... enfin ſuffit, vous y êtes ? — Oh, point du tout, Monſieur, je vous aſſure. — C'eſt que je voudrois vous gazer cela.... Madame, c'eſt une P.... vous comprenez ? — Mademoiſelle Duportail ! une... pardon, Monſieur,

mais

mais je n'y tiens pas, il faut que je rie. ( En effet, la Marquise se mit à rire de toutes ses forces. ( Riez, riez, Madame.... tenez, connoissez-vous cette lettre-là ? — Oui c'est celle que j'ai écrite à Mademoiselle Duportail, le lendemain du jour qu'elle a couché chez moi. — Justement, Madame. Et celle-ci, la connoissez-vous ? — Non, Monsieur. — Regardez-là, Madame, vous voyez bien l'adresse. A Monsieur, Monsieur le Chevalier de Faublas ; & lisez le dedans : « Mon cher Maître, j'ai » l'honneur de prendre la liberté d'oser » vous interrompre, pour vous sou- » haiter que cette année qui com- » mence, vous soit belle & bonne, » &c. J'ai l'honneur d'être avec un » profond respect, mon cher Maître, » &c. » C'est une lettre de bonne année d'un domestique à son Maître, qui eſt ce Monſieur de Faublas ? Hé bien, Madame, ces deux lettres là étoient dans le porte-feuille que voici. — Enfin, Monſieur ? — Madame, & le porte-feuille, vous ne devineriez jamais où je l'ai trouvé ! — Dites, dites, Monſieur. — Je l'ai trouvé dans un endroit où...... là..... — Hé ! Monſieur, dites tout de ſuite le mot, vous feriez toujours obligé d'en venir là, ainſi.... — Hé bien, Madame, je l'ai trouvé dans un mauvais lieu. — Dans un mauvais lieu ! — Oui, Madame. — Où vous aviez affaire ? Monſieur. — Où la curioſité m'a conduit. Tenez, je vais vous conter cela. Une femme a fait courir depuis quelques jours des billets imprimés, par leſquels elle donne avis aux amateurs, qu'elle peut leur offrir de charmans boudoirs qu'elle louera à tant par heure ; moi ! j'ai été voir cela par curioſité, uniquement par curioſité, comme je vous le disois tout-à-l'heure. — Quel jour y avez-vous été ? Monsieur. — Hier l'après-dînée, Madame ; les boudoirs sont en effet charmans !... il y en a un sur-tout au premier étage..... Il est vraiment joli !..... on y voit des tableaux, des estampes, des glaces, un alcove, un lit.... ah, c'est le lit sur-tout ! figurez-vous que ce diable de lit est à ressort !.... ah, c'est très-plaisant ! tenez, il faut quelque jour que je vous fasse voir cela. Un mari & sa femme en partie fine ! répondit la Marquise, cela seroit beau !

J'entendis quelque bruit ; la Marquise se défendoit, le Marquis l'embrassa. Leur conversation qui, dans les commencemens m'avoit inquiété, m'amusoit alors au point, que je sentois moins la gêne de ma situation.

Le Marquis reprit ainsi :

Mais, c'eſt que rien n'y manque ! il y a dans ce boudoir, au premier étage, une porte qui communique chez une marchande de modes qui loge à côté... cela eſt fort bien imaginé... vous entendez qu'une femme comme il faut a l'air d'être chez ſa marchande de modes ; point du tout, elle monte l'eſcalier, & puis on vous en plante à un pauvre mari !.... mais écoutez-moi, Madame ; dans ce boudoir j'ai ouvert une petite armoire, & dans cette armoire, j'ai trouvé ce porte-feuille. Ainſi il eſt clair que Mademoiſelle Duportail a été là avec ce Monſieur de Faublas ; & cela eſt très-vilain à elle ! & très-malhonnête à Monſieur de Roſambert, qui la connoiſſoit, de nous l'avoir préſentée ! & très-imprudent à ſon pere, de la laiſſer ſortir accompagnée ſeulement d'une femme-de-chambre, & je n'en ai point été la dupe ! il y a dans ſa figure... vous ſavez comme je ſuis phyſionomiſte !...... elle eſt jolie, ſa figure ! mais il y a quelque choſe dans les traits qui annonce un ſang ... cette fille-là a du tempérament, & je l'ai bien vu !... Vous ſouvenez-vous de ce ſoir, que Roſambert lui dit qu'il y avoit des circonſtances.... hem ! des circonſtances ! vous n'aviez pas remarqué cela, vous ! moi ! je vous ai relevé le mot ! Ah, l'on ne m'attrape pas ! & tenez, le même jour.... venez, venez, Madame.....

La Marquiſe qui me croyoit parti, ſe laiſſa conduire à ſon boudoir : le Marquis continua.

Elle étoit ici, dans ce boudoir..... là. Vous, vous étiez couchée ſur cette ottomane.... Je ſuis arrivé... Madame, elle avoit le teint animé, les yeux brillans, un air !.... Oh, je vous le dis, cette fille a un tempérament de feu ! vous favez que je m'y connois, mais laiffez-moi faire, j'y mettrai bon ordre. — Comment ! Monfieur, vous y mettrez bon ordre ? — Oui, oui, Madame ; d'abord je dirai à Rofambert ce que je penfe de fon procédé ; il y a peut-être été avec elle, Rofambert ! enfuite je verrai Monfieur Duportail, & je l'inftruirai de la conduite de fa fille. — Quoi ! Monfieur, vous ferez à Monfieur de Rofambert une mauvaife querelle ? — Madame ! Madame ! Rofambert favoit ce qui en étoit, il étoit jaloux de moi comme un tigre. — De vous ? Monfieur. — Oui, Madame, de moi, parce que la petite avoit l'air de me préférer.... Elle me faifoit même des avances, & c'eft en cela qu'elle m'a joué, elle ! car elle avoit alors ce Monfieur de Faublas. Je faurai ce que c'eft que ce Monfieur de Faublas, & je verrai Monſieur Duportail. — Quoi ! Monſieur, vous pourriez aller dire à un pere ?... — Oui, Madame, c'eſt un ſervice à lui rendre, je le verrai, je l'inſtruirai de tout. — J'eſpere, Monſieur, que vous n'en ferez rien. — Je le ferai, Madame. — Monſieur, ſi vous avez quelque conſidération pour moi, vous laiſſerez tout cela tomber de ſoi-même. — Point ! point ! je ſaurai.... — Monſieur, je vous le demande en grace. — Non, non, Madame. — Vous m'éclairez, Monſieur, je vois le motif de l'intérêt ſi preſſant que vous prenez à ce qui regarde Mademoiſelle Duportail. Je vous connois trop bien pour être la dupe de cette auſtérité de mœurs, dont vous vous parez aujourd'hui ; vous êtes fâché, non pas de ce que Mademoiſelle Duportail a été dans un lieu ſuſpect, mais de ce qu'elle y a été avec un autre que vous. — Oh, Madame ! — Et quand j'accueillois chez moi une Demoiſelle que je croyois honnête, vous aviez des deſſeins ſur elle ! — Madame ! — Et vous oſez venir vous plaindre à moi-même d'avoir été joué ! c'étoit moi, c'étoit moi ſeule qu'on jouoit !

Elle ſe laiſſa tomber ſur l'ottomane ; ſon mari jetta un cri, & puis il embraſſa la Marquiſe, en lui diſant : Si vous ſaviez comme je vous aime. — Si vous m'aimiez, Monſieur, vous auriez plus de conſidération pour moi, plus de reſpect pour vous-même, plus de ménagement pour un enfant, peut-être moins à blâmer qu'à plaindre.... Que faites-vous donc ? Monſieur, laiſſez-moi ; ſi vous m'aimiez, vous n'iriez pas apprendre à un pere malheureux les égaremens de ſa fille ; vous n'iriez pas conter cette aventure à

Monſieur de Roſambert qui en rira, qui ſe moquera de vous, & qui dira par-tout que j'ai reçu chez moi une fille à intrigue !..... mais, Monſieur, finiſſez donc, ce que vous faites là, ne reſſemble à rien. — Madame, je vous aime. — Il ſuffit bien de le dire ! il faut le prouver. — Mais depuis trois ou quatre jours, mon cœur, vous ne voulez jamais que je vous le prouve. — Ce ne ſont pas de ces preuves-là que je vous demande, Monſieur... mais, Monſieur, finiſſez donc. — Allons ! Madame, allons, mon cœur ! — En vérité, Monſieur, cela eſt d'un ridicule ! — Nous ſommes ſeuls. — Il vaudroit mieux qu'il y eût du monde, cela ſeroit décent ! mais, finiſſez donc, n'avons-nous pas toujours le tems de faire ces choſes là ?... finiſſez donc.... quoi ! des gens mariés !.... à votre âge !.... dans un bou-

doir ! ..... fur un ottomane ! .....
comme deux amans ! .... & quand j'ai lieu de vous en vouloir : encore. — Hé bien, mon ange, je ne dirai rien à Rofambert, rien à Monfieur Duportail. — Vous me le promettez bien ! — Je vous en donne ma parole........ — Hé bien, un moment ; rendez-moi le porte-feuille, laiffez-le moi. — De tout mon cœur, le voilà. ( Il y eut un moment de filence. ) — En vérité, Monfieur, dit la Marquife d'une voix prefque éteinte, vous l'avez voulu ; mais cela eft bien ridicule.

Je les entendis bégayer, foupirer, fe pâmer tous deux ; on ne peut fe figurer ce que je fouffrois fous l'ottomane pendant cette étrange fcene ; j'aurois étranglé les acteurs de mes mains, & dans l'excès de mon dépit, j'étois tenté de me découvrir, de reprocher à la Marquife cette infidélité d'un nouveau genre, & de rendre au Marquis l'amere mistification qu'il me faisoit essuyer sans le savoir. Justine vint terminer mes irrésolutions ; elle ouvrit tout-à-coup la porte de l'escalier dérobé. La Marquise jetta un cri, le Marquis se sauva dans la chambre à coucher pour y réparer son désordre. Justine appercevant un mari au lieu d'un amant, demeura stupéfaite, & la Marquise ne fut pas moins étonnée qu'elle, en me voyant sortir de dessous l'ottomane. Je remerciai tout bas la femme-de-chambre. Grand merci ! Justine, tu m'as rendu service, j'étois fort mal dessous, tandis que Madame étoit dessus, très à son aise. La Marquise interdite & tremblante n'osa ni me répondre, ni me retenir. Son mari étoit si près de là ! probablement il alloit rentrer, dès qu'il seroit plus décemment vêtu. Justine ſe rangea pour me laiſſer paſſer. Je deſcendis l'eſcalier dérobé, ſans lumiere, au riſque de me rompre vingt fois le col; je traverſai la cour rapidement, & je ſortis de l'hôtel en maudiſſant ſes maîtres.

Le lendemain j'étois encore au lit, quand Jaſmin m'annonça Juſtine, & ſe retira diſcrétement. Mon enfant, je ſongeois à toi! — Ah, Monſieur, laiſſez-moi; cette fois-ci vous ne m'y prendrez pas, je veux commencer par ma commiſſion. Savez-vous que j'ai été encore bien grondée hier? vous nous avez fait une belle peur! vous n'étiez pas encore au bas de l'eſcalier quand le Marquis eſt rentré dans le boudoir. Voyez cette ſotte, a-t-il dit, qui entre ici comme un coup de piſtolet! dès qu'il nous a quittés, Madame déſolée de l'aventure, m'a dit qu'elle ne concevoit pas pourquoi vous

vous

vous étiez caché ſous l'ottomane. J'ai été forcé de lui avouer que j'avois, ſans y ſonger, fermé la porte à double tour. Elle m'a fait une ſcene ! & puis ce matin elle m'a remis cette lettre pour vous. — Fort bien, ma petite Juſtine, voilà ta commiſſion faite, car je n'ouvrirai pas la lettre. — Vous ne l'ouvrirez pas ! Monſieur. — Non, je ſuis fâché contre ta maîtreſſe. — Vous avez tort. — Mais je ne ſuis pas fâché contre toi, Juſtine. — Et vous avez raiſon.... Finiſſez ! ... mais tenez, je le veux bien, à condition que vous lirez la lettre. — Oh, qu'une maîtreſſe eſt heureuſe d'avoir une fille comme toi ! hé bien, oui, je lirai.

Juſtine remplit de ſi bonne grace, les conditions du traité, qu'il y auroit eu de ma part de la perfidie à ne pas tenir parole : j'ouvris la lettre.

« Que notre aventure d'hier m'a
» peinée ! mon bon ami. Cette ſcene
» qui n'eut été bizarre, ſi comme je
» le croyois, vous n'en aviez pas été
» le témoin, eſt devenue par votre
» préſence, auſſi déſagréable pour
» moi que mortifiante pour vous.
» Quels mots vous avez dit en par-
» tant ! ingrat ! vous ne ſavez pas le
» mal que vous m'avez fait ! revenez
» à moi, mon bon ami, revenez à
» celle qui vous aime ; trouvez-vous
» à midi au lieu qu'on vous déſigne-
» ra. Là, je n'aurai pas de peine à
» me juſtifier ; là, quand mon amant
» ſera bien convaincu de ſon injuſti-
» ce, il me trouvera prête à lui
» pardonner ſa vivacité. »

Monſieur, reprit Juſtine, dès que j'eus finis ma lecture, Madame vous attendra à midi au boudoir de l'autre jour.... vous ſavez bien ! ..... où nous vous avons habillé. — Oui, Justine, & où tu as tant pleuré ! si tu savois comme j'ai souffert pour toi ; mais aussi, friponne, tu ne te contentes pas de faire des malices, tu en dis ! — Ne me parlez pas de cela, j'en suis encore toute honteuse . . . finissez donc . . . . donnez-moi votre réponse pour ma maîtresse. — Ma réponse, Justine, est que je n'irai pas au rendez-vous. — Vous n'irez pas ? — Non, Justine. — Quoi ! vous donnerez ce chagrin-là à ma maîtresse ? — Oui, mon enfant. — Mais vous allez me faire gronder. — Je me charge de te consoler d'avance. — Vous êtes bien décidé ! — Très décidé, Justine. — Hé bien, en ce cas, faites un bout de lettre..... Finissez donc.... ( elle m'embrassa. ) Ecrivez un mot pour ma maîtresse. — Non, mon enfant, je n'écrirai pas. — Laissez-moi !..

mais tenez, je le veux bien encore ; à condition que vous écrirez. — Ah ! Justine, je le répete : qu'une maîtresse est heureuse d'avoir une fille comme toi ! hé bien, oui j'écrirai.

J'écrivis en effet :

« Je ne sais, Madame, si l'aven-
» ture d'hier vous a beaucoup *peinée*,
» mais à la maniere dont vous avez
» rempli votre emploi sur l'ottomané,
» j'ai lieu de croire qu'il ne vous
» paroissoit pas très-pénible. Quand
» on a un mari aimable, galant &
» tendrement aimé, Madame, on
» doit s'en tenir là. Je suis avec le
» plus vif regret, &c. »

*Fin du second Volume.*

www.ingramcontent.com/pod-product-compliance
Lightning Source LLC
LaVergne TN
LVHW020315230826
846091LV00003B/681

*9782329291376*